芸文庫

現代という時代の気質

エリック・ホッファー
柄谷行人 訳

筑摩書房

目次

初出雑誌一覧

Ⅰ　未成年の時代……「ハーパーズ・マガジン」一九六五年六月
Ⅱ　オートメーション、余暇、大衆……「ニューヨーク・タイムズ・マガジン」一九六五年十月
Ⅲ　黒人革命……「ニューヨーク・タイムズ・マガジン」一九六四年十一月
Ⅳ　現代をどう名づけるか……「ホリデイ」一九六六年三月
Ⅴ　自然の回復……「サタデー・レヴュー」一九六六年二月
Ⅵ　現在についての考察……「カヴァリア」一九六六年八月

ノーマン・ジャコブソンに

序

ひとつの時代の中心をなす問題を知ることは、気まぐれな出来事や予見しえない危機のうねりをくぐって、連続的なものを見出すことである。私の想定では、現代の主要な困難と課題は後進性から近代性への、従属から平等への、貧困から富裕への、仕事から余暇へのドラスティックな変化である。これらはすべてきわめて望ましい変化、人類が幾千年もの間祈り求めてきた変化である。しかし、いかに望ましかろうと、ドラスティックな変化は人類がかつて経験した中で最も困難で危険な経験であるということもあきらかになりつつある。われわれは、習慣を断つことは骨折することよりも苦痛で損傷が大きいこと、そして価値を分解させることは原子を分解させるのと同じく致命的な死の灰を降らせるかもしれないことを発見しはじめている。

本書に収めたエッセイは現代の出来事のいくつかを意味づけようとするものであり、すべて「変化」の様相をとりあつかっている。書かれたものの大半はまた知識人の役割をも論じており、ある箇所で、私は、現代は知識人の時代であると示唆している。とはいえ、最近の数十年間に世界各地で起こっている「変化」の過程を支配しリードすることを渇望した知識人が、闘技場で出番を待つ選手志願者の列の中のひとりにほかならないことは、今やあきらかである。折しもアフリカその他の国では、知識人は押しのけられ、大衆運動より軍隊を「変化」の道具として用いようとする軍人にとって代わられている。アメリカ黒人の劣等から平等への移行が、他のどこよりも軍隊においてなされているということは意味深い。現在のところ、軍隊は、黒人がまず人間であって、黒人であるのはほんの二次的なことだといえる唯一の場所である。同様に、イスラエルでも、軍隊が多国語を話す移住者を自尊心あるイスラエル人に変える唯一無比の機関となってきている。

やがては他のタイプの人間に動かされる機関が出現することも考えられる。役者はいれかわるだろう。だが、闘技場とわれわれを脅かす問題はつねに同じである。

カリフォルニア州サンフランシスコにて　一九六六年七月

E・H

現代という時代の気質

I　未成年の時代

数年前、新聞は一週間にわたって学生騒動の流行がイスタンブールからテヘラン、ボンベイ、サイゴン、ソウル、東京、メキシコ・シティへと拡がっていくのを報道した。騒動のほとんどが反米的色合いをもっていた。そして私はある朝早く、波止場へ行くバスを待つあいだに、また新しい騒動が起こったのを新聞の見出しで読んで、思わず「歴史が非行少年によってつくられるのか！」と嫌悪をもって鼻をならしたのをおぼえている。

自分で発した言葉の響きが奇妙な効果をもたらした。バスに乗ってからも私は新聞を読まず、じっと前方を凝視していた。いったい歴史は誰がつくるのか。老人だろうか。事件の形成に若者はどれほどの役割を演じるのか。さまざまの事柄が私の胸に一度にどっと押しよせた。私は何年か前、自著『情熱的な精神状態』につぎのような警句を挿んだのを思いだしたのだった。「歴史は子供の不安、感受性、信じやすさ、フィクションの能力、残酷さ、独善をもった大人によってつくられる。玩具に望みを托す大人によってつくられる。あらゆる指導者は彼らに従う者たちを子供に変えようと努力するのだ」ふたりの気儘《きまま》な名付け子を観察して得たこの洞察は心の奥にしまいこまれ、私の思索になんら影響をおよぼさなかった。それが今、歴史上に起こる事柄は、多くの場合年少者によって起こされる、ということを心に銘記しないかぎり、いかにして起こったかをほとんど知りえないように思われたのである。

比較的近年にいたるまで人間の寿命は短かった。歴史の大半を通じてほんとうの老人はまれだった。世界最古の墓のひとつを掘りかえしてみると、平均死亡年齢が二十五歳であることを骨が示しており、しかもその地方がとくに非健康的なところだったと推定する根拠もないのである。そういうわけで、新石器時代の重要な発明発見——動植物の馴致《じゅんち》、車や帆やすきの発明、灌漑《かんがい》や発酵作用や冶金《やきん》術の発見——は、ほとんど子供に近い人々のやったことであり、たぶん遊びの過程でなされたといっても嘘にはなるまい。童話のパターンやエロティックな象徴性をもった古代の神話や伝説などが、生命の燃えつきた老人たちによって磨き上げられたなどということはありそうもない。

それより少し下った時期の歴史もその主役の少年らしい性格をあらわにしている。中世から伝えられた甲冑《かっちゅう》が小さいことは多くの観察者が注目してきた。事実、この甲冑をまとった男たちは成人ではなかったのだ。彼らは十三歳で結婚し、十代で戦士や指揮者になり、三十五か四十の年には老人だった。エドワード黒太子《こくたいし》もクレシイの戦い（一三四六年）で名をあげたときは十六歳だったし、ジャンヌ・ダルクはイギリス軍からオルレアンを奪回したとき十七歳であった。少年の心性や少年非行の逸脱を多少なりとも知っていなければ、中世を特徴づけるロマンティシズム、ごまかし、野蛮さを理解することは困難だろう。中世においては中年は立つ瀬がなかった。吟遊詩人も年代記作者もけっして彼らに憐れみも慈悲もかけなかった。十六世紀に入っても事態はめだって変化していない。モンテーニュは五十歳にとどいた老人にはめったに会ったことがない、といっている。サルバドール・デ・マダリアーガ(2)は、スペインの偉大な時代（一五五〇〜一六五〇年）について、その時代には「十五歳の少年は成人であり、四十歳の男は老人であった」といっている。彼はさらに、その時代の劇作家がある男を老人と呼ぶばあい、四十歳ぐらいの男——黄色い膚《はだ》、しわの寄った顔をして、歯がない——を意味したのだ、とつけ加えている。十六世紀前半にはスペイン国王カルロス五世は二十歳で皇帝になり、フランシス一世は二十一歳でフランス国王に、ヘンリー八世は十八歳でイギリス国王になったのである。

問題は、少年の心性は青少年のみに限定されているか、ということである。人は年をとるにつれて自動的に成長するのだろうか。少年性というのは年齢の問題よりもむしろ精神の状態ではないだろうか。ティーンエイジャーはどの年齢層にもいるのではないだろうか。一五〇三年、枢機卿《すうききよう》ジュリアーノ・デラ・ロヴェーレは六十歳で法王に選ばれた。彼はジュリアス・シーザーにちなんでユリウス二世を僭称《せんしよう》したが、シーザーを史上最も偉大な人間とみなし、その生涯をまねようと決心した。したがって、老齢にさしかかりながら彼は鎧《よろい》かぶとに身を固め、馬にまたがり、征服者たらんとして出立したのである。あきらかに、少年の心性はその後においても、老年においてさえも存続したりあるいはふたたび現れたりするものなのだ。

いつの時代にも成長しえない人間はいるものなので、社会全体が少年のような考えかたや行動をしはじめることもあるのだ。とくに二十世紀にはほとんど全世界的な規模で少年化の現象がみられる。共産主義、ファシズム、人種的偏見（クー・クラックス・クラン団）、その他世界の低開発地域で現在勃発している大衆運動の少年的性格は誰にでもすぐわかるだろう。新興国あるいは復興国の指導者はほとんどすべてがその性格形成にきわだって少年的な要素をもっている。

アーサー・ケストラーは、革命家の内面には彼の成長を阻む「なんらかの欠陥」がある、ということを示唆している。しかし、現在の少年的行動への傾向は一世紀以上にわたって勢いを増してきたもので、革命家の部類に入らない人々にも影響を及ぼしてきたような形跡がある。そのような行動は辺境《フロンティア》やゴールド・ラッシュの野営地で幅をきかせていたものであって、アメリカの精力的な事業家にしても、現状とけっして争いこそしないが、革命家と同様永遠の未成年なのだ。戦闘的ナショナリズムもまた、本来は革命的ではないがあらゆる種類の人々の内部に未成年的徴候を育《はぐ》くむのである。ローレンス・ヴァン・デル・ポスト(3)はナショナリズムを「現代世界の少年犯罪」と呼んでいる。あきらかに、少年的パターンは成長を阻む「なんらかの欠陥」をもつ人のみに限定されず、あらゆるタイプの人間に生じうるのである。

少年化の過程《プロセス》を理解するためには、青少年における少年的心性の起源について知るところがなければならない。青少年と成人のちがいを大脳構造や神経系統に求めてもなんら得るところはない。そこには明確に示しうる差異というものはないからである。せいぜい青年の行為は主として彼の存在様式、彼が自己を発見する状況によってひき起こされる、と想定できるぐらいだろう。これは、成人もまた同様な状況におかれれば多かれ少なかれ少年のように行動する、ということを意味する。

さて、青年の実存のおもな特徴はその中途半端さにある。それは少年期から成年期への移行の一様相、根の喪失とドラスティックな変化の一様相である。もしわれわれの想定が正しければ、他のタイプのドラスティックな変化も幾分かは同様な心理的パターンを呈示するはずである。一国から他国へ移民する人々、ひとつの信仰から他の信仰へ改宗したり、ある生活様式から別の様式へ移行したり――農民が工場労働者に、奴隷が自由人に、民間人が軍人になったり、低開発国民が急激な近代化を蒙ったりしたときのように――する人々と青年とのあいだには血縁的な類似性がある。のみならず、活動的な人々――労働者、農民、実業家、将官を問わず――

で突然引退する者、また更年期にさしかかった女性でさえ、青年を思わせる態度を示すことを考慮しなければならない。

変化の経験をじっくりと考察してみよう。第二次大戦後、アジア、アフリカの途上国は情熱と耳を聾《ろう》する喧騒にみちみちた雰囲気の中でみずからを近代化しはじめた。素朴なアメリカ人らしく、私は近代化——工場、道路、ダム、学校などを建設する——というまじめな、実際的な仕事がなぜ熱狂的な騒ぎをひき起こさねばならないのだろう、と自問した。自著『変化という試練』で私はこの問いに対する答えを見いだそうと試みた。私の中心的な考えは、ドラスティックな変化とは根本的にくつがえってしまう体験であるということ、新しく先例のない事柄に直面したとき、われわれの過去の経験や業績は助けになるよりむしろ障害になるということ、であった。モンテーニュが死について「われわれはそれに関するかぎりみな初心者である」と語ったことは、まったく新しい経験についても真実なのである。新しい状況にみずから適応しなければならないとき、われわれは不適合者《ミスフィット》なのだ。そして不適合者は情熱的な雰囲気の中で生き、呼吸するのである。われわれは革命が変化の原因である、と考えていた。実際はその逆で、変化が革命の地盤を準備するのだ。変化の経験に内在する困難や焦燥が人々をして革命のアピールを受容せしむるのである。変化が先なのだ。事態が全然変化しないところでは、革命の可能性は最も少ない。

そこで、近代化の過程における熱狂的な騒ぎは実はアジア、アフリカの途上国に特有のものではない、ということになる。現在の途上国の目覚めのはるか以前、われわれはドイツ、ロシア、日本など、危険なスピードで近代化しはじめた国家が演じた、世界的規模におよぶ黙示録的な熱狂的騒ぎのただ中に生きていたのだ。のみならず、大衆運動、動乱、戦争といった変化の副産物は、変化の経験にはたんなる不適応の状態以上のものがあること、その過程は人間の魂の深奥の層をも巻きぞえにすることを示している。結局、過去百五十年間に世界が見てきたような変化は、人類の歴史にまったく先例のない、独特な何かなのである。有史以来十八世紀末にいたるまで、地球上の文明化した中心地に住む平均人の生活様式は本質的な変化を受けないままであった。アラブの歴史家イブン・カルドゥンにとっては、「過去と未来が二粒の水滴のように似かよっている」ことは自明だった。後期新石器時代に発達した技術は、産業革命にいたるまでほとんど変化を受けていない。われわれとジョージ・ワシントンをへだてる溝の方が、彼とキオプス王のために働いたエジプト農民をへだてる溝より大きいのだ。したがって、人間の本性には変化に対する生得の抵抗力がある、と推測することも誤りではないだろう。新しいものをただ恐れるばかりでなく、われわれの奥深いところには、われわれは真に変化することはできない、みずからを新しいものに適応させながら古い自己を保持することはできない、脱皮し新しいアイデンティティを装うことによってしか新しいものの一部になることはできない、という確信があるのだ。いいかえれば、ドラスティックな変化は自己疎外を生み、新生と新しいアイデンティティの必要を生ぜしめるのである。そしておそらく変化の過程がスムーズにすすむか、動乱や爆発をともなうかは、この必要がどんなふうに満たされるかにかかっている。

いかなる社会でも回避しえないある深刻な変化、つまり少年期から成年期への変化の問題にとり組むためには、変化のない未開社会によって用いられている手段をざっと調べてみることも面白いだろう。コンゴでは、少年は十五歳になると死を宣告され、森の中へ連れこまれ、そこで浄められ、鞭打《むち》たれ、しゅろ酒で酔わされ、その結果無感覚状態にされる。儀式をとりおこなう僧侶―魔術師（ウンガンガ）が彼らに特殊な言葉を教え、特殊な食物を与える。最後に再統合の儀式があり、この際新参者は「歩き方も食べ方も知らぬふりをし、総じて生まれたばかりのようにふるまい、日常生活のあらゆる動作を学び直さねばならない」*のである。オーストラリアの幾つかの種族では、少年は暴力的に母親から引き離され、母親は息子を求めて泣く。彼は死を擬して肉体的精神的に衰弱させられ、最後に蘇らされて、成人として生きることを教えられる。

*アーノルド・ファン・ヘネップ『通過儀礼』The Rites of Passage.（シカゴ、フェニックス・ブックス、シカゴ大学出版局、一九六〇年）八十一ページ（綾部恒雄・綾部裕子訳『通過儀礼』岩波文庫）。

これらの儀式の面白い点は、文明社会ではその代りにどのようなふるまいをするかということよりも、彼らの復活と新生というモチーフにある。現代世界では変化はあらゆる人間を襲っているが、それを解決するものはむろん太古の生活様式への回帰ではない。新生と新しいアイデンティティの感覚は、ここでは大衆運動、集団移住、あるいは純然たる行動と活動の絶えざる生成への没入によって生み出されるのだ。ひとは栄光あるドイツ、栄光ある日本、世界を征服する運命にある英雄的な戦士の国の一員となる。あるいは新しい生を直視する革命的または宗教的運動に参加し、みずからを人類の先頭に立って行進するエリートのひとりとみなす。あるいは実際に新しい国へ移住して新しい人間になる。こうしてドラスティックな変化の時代は、奔放な夢、とほうもないお伽話、巨大な仮装舞踏会、常軌を逸した偽装、小旗を振り太鼓をたたいて行進する群衆、福音をもたらす救済者、そして約束の地への集団移民の時代になりがちなのである。

モーゼの出エジプト記は、ドラスティックな変化の実現に際してぶつかる困難と、そのとき採用せねばならないとっぴな手段のあざやかな実例である。モーゼがなし遂げたいと望んだのは比較的単純なことだった。彼は奴隷にされたヘブライ人を自由人に変えたかっただけである。しかし、真の指導者であったモーゼは、解放された奴隷に新しいアイデンティティを与え彼らを新しい生に浸してやる仕事は単純どころではなく、尋常ならぬ手段の採用を要することを知っていた。エジプトからの脱出はその第一歩だった。しかし、それにもまして重要なのは、強大なるエホヴァによって約束の地へ導かれる選ばれた民というフィクション、人間のドラスティックな変身に不可欠なたぐいの環境だったのである。

さて、過去百年間に起こった人間の変身は、奴隷から自由人への転身ではなく、産業革命によってひき起こされたドラスティックな変化であった。しかし、ここでもまた復活と新生の感覚が脱出（集団移民）、選民のフィクション（ナショナリズム）、そして約束の地の幻影（革命運動）によって生み出された。十九世紀後半のヨーロッパにおいて、農民の工場労働者への大規模な変身がいかに新生活の約束をもたらす民族主義運動、革命運動のみならず、新世界、特にヨーロッパの農民がそこで文字どおり新しい人間につくり直される――新しい言葉を学び、新しいスタイルの服装、新しい食事、そしてしばしば新しい名前を採用させられる――合衆国への移民殺到をも生ぜしめたかを見るのは印象的である。とくに外国への移民は、ヨーロッパの農民が新生活に適応する上で自国の工業都市に移住するより効果的であるといった感がある。国内移住はそれほど新生と新しいアイデンティティの感覚を与えてくれないからだ。今日でさえ、イタリアやスペインの農民が工場労働者になるには、おそらくミラノやバルセロナに移転するよりはドイツやフランスに移住するほうがスムーズにいくだろう。したがって、西インド諸島からニューヨークにやってくる黒人もまた、南部からくる黒人よりはやく、そしてスムーズに新しい生活に適応するのである。

そこで、青年は推移する人間の原型である、ということになる。どの年齢層、どの状況にある人間であれ、ドラスティックな変化をこうむるときには青年の少年期から成年期への移行をある程度繰りかえすわけである。老人でさえ引退という突然の変化を経験するときには子供っぽい衝動、性向、態度を示すことがある。このことはとくに、余暇が活動的生活の構成要素として認められていないアメリカにおいてあてはまる。かくして引退した商店主や農場主は南カリフォルニアを青年的儀式、空想的社会体制、奔放な陰謀の温床にしてしまった。まぎれもなく少年犯罪のにおいのするバーチ運動(4)は引退した菓子製造業者によって創始され、引退した財界幹部、陸海軍の将官によって支持されている。

重要な点は、少年化は必然的にある程度の原始化という結果をもたらす、ということである。われわれは二十世紀の重大なパラドックスに直面している、すなわち技術の急激な進歩が部族主義への回帰、カリスマ的指導者、呪術師、軽信《けいしん》、部族間の戦争をともなってきたというパラドックスに。これまでは機械を非難するのが一般的傾向だった。機械が人間を野蛮にし、非人間化する効果、つまりいかにそれがわれわれをロボットや奴隷にし、われわれの個性を圧殺し、生を矮小《わいしょう》にするか、などについてはかなりの文献がある。機械に対する告発の大半は、むろん機械とともに働き生きるという直接的経験をもたない作家、詩人、哲学者、学者などの文人によってなされている。だが、機械時代の到来のはるか以前にも、典型的知識人が世俗の仕事をする一般大衆を魂のないロボットや自動操作しうる木偶《でく》とみなしていたことを銘記すべきだ。なるほど、男、女、子供が鉄や蒸気に縛りつけられるようになった産業革命初期の数十年間は、工場は非人間化の代理機関であった。しかし現代のわれわれは、機械との提携が自分たちの感受性を鈍らせたり、個性を逼塞《ひっそく》させたりしないことを知っている。機械が生き物と同様、気まぐれ、気儘になりうることを知っている。熟練した機械工は機敏で直観力をそなえた人間である。波止場では、フォーク・リフトやウィンチを正確さと手練をもって思いどおり動かせる能力がいかに特殊な高揚した気分を生じさせるか、またすぐれたリフトやウィンチの操作者が一般にいかに陽気で、遊んででもいるような働きかたをするか、を見ることができる。たとえ流れ作業が労働者をロボットにすることが疑いようもなく実証されたとしても、それは人口のほんの小部分に影響をおよぼすだけで、社会全体の本質に対する責任を負わされることはありえない。

いや、こうした社会の原始性を生み出すのは機械それ自体ではなく、ドラスティックな変化なのである。土地から切り離された無数の人間の急速な都会化は、現代の中心的な経験であり、新しいアイデンティティを求めて根をうしなったこれらの人々の要求が現代の気質を生み、形成したのである。この要求をみたすためにどのような手段がとられても、結果は多かれ少なかれ原始化をもたらすだろう。新しいアイデンティティが大衆運動において見いだされるところでは、その事情はあきらかである。つまり、大衆運動は個人をその組織内部に吸収し同化させるが、それは個人の思想や嗜好や価値観を奪いとることによってなされるのだ。それによって彼は幼児の状態にひきもどされてしまう。子供のようになること、これこそ新生が真に意味することである。子供は原始的な人間であって、信じやすく、指導者に従い、いともやすやすと集団の成員になってしまうのである。移住も似たような反応をひき起こす。子供と同様、移民も話しかた、ふるまいかたや自己主張のしかたを学ばねばならないからだ。さらに、新しいアイデンティティの探求に刺激されて人々がたえざる行動や精力的活動に没入することによって永遠に進行中の状態にとどまるときも、原始化がともなう。成熟するには閑暇《かんか》が必要なのだ。急いでいる人々は成長することも衰微することもできない、彼らは永遠の幼年期の状態にとどめられているのである。

だが、社会の原始化は偶然の不幸な副産物にすぎないのか、それともそれは変化の過程においてなんらかの機能を果しているのだろうか。自分自身をまったく新しい状況に適応させねばならないとき、社会が何にもまして必要とするのは何だろうか。それは人間の最大限の柔軟性、高度の可塑性《かそ》にほかならない。ところで、大衆運動、集団移住、たえざる活動への没入、何であれそういうものによって、少年化され原始化された人間は、同質的、可塑的な大衆になりがちである。スターリン＝ヒトラーの時代を生きてきたわれわれは、大衆運動の最もめざましい機能のひとつは無限の人間の可塑性の誘発——命令ひとつで危険きわまりないとんぼ返りでも何でもやりぬき、ボリス・パステルナークの言葉を借りれば、「愛するものを憎み、憎んでいるものを愛する」ようにさえさせられる人間集団の創造――である、ということを知っている。

したがって、「真の信仰者」(5)とは一世紀もつづいた変化によって浮きぼりにされた可塑的な人間の典型なのである。変化への適応はまた、アメリカ的な精力的活動家《ハスラー》をも生み出したが、こちらは「真の信仰者」と同様に少年的、原始的、可塑的な一タイプではあっても、イデオロギーも共同体の呪術もなしに機能する人間である。移民も自分の伝統や習慣を喪失しているためにたやすく鋳型にはめられてしまう。最後に戦士という可塑的なタイプがある。全歴史を通じて、征服者たちは他の何よりも被征服者から自主的にすすんで学んできた。征服者は模倣を屈服の行為とも自分の無能の証拠ともみなさないのである。事実、武人の伝統をもつ国民、たとえば日本人や外蒙古《もうこ》のジンギスカンの子孫のような国民は、近代化の推移をロシアや中国のような隷従的な農民の民族ほど困難としないのである。そういうわけで、インドネシアとかエジプトとかいった国がその国民に戦士の役割をおわせるというばかげた傾向にも、現実的な根拠があるのだ。四千万のアラブ軍が小国イスラエルに敗北を喫したことがアラブ世界の近代化をいっそう困難で苦痛なものにしている、ということもうなずけよう。

機械時代の苦悶はしたがって機械そのものから生じるのではなく、何百万という農民の急速な都会化に原因する社会的変調から生じるのである。今なお存在する国家主義的、革命的、民族主義的運動を発生させたのは、十九世紀後半のヨーロッパの一般大衆の生活に起こったこの突然の変化だったのだ。アジア、アフリカ、ラテン・アメリカの発展途上諸国における同様の変化は、今やわれわれの世界を恒久的なショック状態にとどめる社会的振動をひき起こしている。

農民の大規模な都市化が工業化をともなわずに起こったところでは、その社会的帰結はわれわれが最近数十年間にラテン・アメリカで見てきたものとひとしく爆発的であった。大体が非工業的なアルゼンチン、チリ、キューバ、ウルグアイ、ベネズエラでは、都市の人口がすでに地方の人口をうわまわっている。ここでは、急速な工業化が実現すれば、多数の都会化した農民がすみやかに工場労働者へとつくりかえられ、その結果、革命になるよりはむしろ社会的不安がかなり軽減されることになりそうである。

奇妙なことに、オートメーションの普及にともない、現在のラテン・アメリカのパターンに似たものが先進工業国に発生する可能性がある。オートメーションによって工場、倉庫、ドックなどから労働者が追放されれば、都市には何かが勃発するのを待ち望む何百万の労働者たちが満ちあふれるだろう。無為を余儀なくされ、自分が有用で価値があるという感覚を奪われて、彼らは過激主義や政治的、民族的不寛容をうけいれやすくなるだろう。かくして、現代では問題がつぎつぎにいれかわってもその副産物はつねに同じなので、未成年の時代が終末する気配はどこにもないのである。

Ⅱ　オートメーション、余暇、大衆

一九六三年にサンフランシスコ埠頭《ふとう》でめざましい進行をみせた機械化は、私を不吉な予感で満たした。*私が半生涯をともに生活し、働いてきた人々が今すぐにも不要な存在になるように思われたからだ。新聞や国民雑誌はこの印象をさらに強めていた。あるオートメーション装置の有力な製造業者は議会の一委員会に、一九六三年にはすでにオートメーションが週に四万件の職を減らしている、と語った。「タイム」誌ではその数字は五万になっている。同時に、一九六三年には二百五十万の若者が労働市場に登場している。一九六〇年代には二千六百万の若者が労働市場に登場するだろうと推定された。わが国の経済は現状を維持するためには、五百万の恒常的失業者とは無関係に、毎年五百万の新しい職をつくり出さねばならなかったのである。

＊この章ははじめ「ニューヨーク・タイムズ・マガジン」一九六五年十月二十四日号に載ったものである。

経済がひとたび満足できる率で成長しはじめれば失業者の大半を吸収するだろう、という想定は誤っているようにみえた。経済成長にかけた費用の八十パーセントは労働力節減策に費やされているのだ。一九六三年にはひとつの職をつくり出すのに国民総生産の三万ドル増加を要したのである。五三年にはそれは一万二千ドルであった。七三年には七万五千ドルを要するかもしれない。わが国の経済が年間五パーセント以上の速度で成長するとは誰も期待しないことである。国民総生産が六千億ドルであれば、五パーセントは三百億ドルとなり、三百億ドルはわずか百万の職しか生み出せない。したがって、数十年のうちにアメリカの都市が大量の余剰人口でいっぱいになってしまう、と想像するのもあながち見当はずれとは思われなかったのである。ところで、歴史のある時点において神と聖職者が余計者になったようにみえたが、世界は依然として存続した。その後ふたたび貴族が余計な存在となったが、ほとんど誰も彼らの退場に気づかなかった。ソ連には資本家不在の資本主義があり、ここでは実業家が余計者なのだが、それでも事態はなんとかおさまっている。しかし大衆が余計者になるとしたら、それは人間が余計者であることを意味するので、ただごとではありえない。

一九六三年に私がとりつかれたあの大きな恐怖は、一九六四年には正当でないことが明白になった。失業者の数は最近めだって減少しており、ヴェトナムの非常事態がなかったとしてもオートメーションの影響は私が想像していたほど前代未聞にも切迫したものにもなりそうもない。今では、「求人案内」の看板がやがていたるところで眼につき、失業者は二パーセント台に落ちるだろう、と予言する専門家もいる。にもかかわらず、一九六三年の終末的ムードにあおられてはじまった諸々の思索や瞑想はそれなりの妥当性をもっており、それはオートメーションが予見可能な将来にどうなるかということとは無関係である。

二千万ないし三千万の失業者数の予想に関して私が心配したのは、彼らが飢えるということではなかった。私は、余剰人口は快適な生活はもちろん、ものを買ったり魚釣りに行ったりするゆとりまである資金を与えられるだろうと想像した。私が心配したのは、熟練したきわめて有能な人々が、自らが有用で価値があるという感覚をもてずに徒食する、という予想のせいだった。無為を余儀なくされた有能な人間の集団ほど爆発しやすいものはない。そのような集団は過激主義や不寛容の温床になりやすく、いかに不合理で邪悪であろうとも、壮大な行動を約束してくれるならどんなイデオロギー的改宗でも受け容れてしまいやすいのだ。ヒトラー以前のドイツでは、すぐれて行動能力があるとみずから認じていた一群の人間が無為のまま宝のもちぐされになっていたので、行動への無際限の機会を提供したナチス党に忠誠をつくしたのである。

合衆国では引退がもたらす無為でさえしばしば爆発的なものになる。西カリフォルニアには第一線を退いた農場主、店主、重役、将官が多数いるが、そこではわれわれは過激派の教義、ユートピア運動、常軌を逸した運動を存分に味わわされたのである。思うに、自分は有用だという感覚をうしなったエネルギッシュで熟練した人間の集団は、「アメリカのヒトラー」出現のためのうってつけの装置なのである。

とはいえ、過激主義や不寛容を生むような満たされぬ行為への願望が創造的エネルギーをどっと放流するかもしれないということが、人間本性の気まぐれな特徴のひとつである。この事実を実証する例はどの時代からも引いてこられるが、古代文明において文学がはじめて出現したときの条件ほど顕著なものはない。紀元前三千年ごろの中東における文字の発明は、知識や観念の伝達に革命をもたらしたがゆえに人間の歴史に一時代を画した、としばしばいわれている。実際には、文字は発明されたのち何世紀ものあいだひたすら財宝や倉庫の出入をもらさず記録するのに用いられていた。文字は書物を書くためではなく、帳簿をつけるために発明されたのだ。われわれに残された最古の文字の使用例は、商品の送り状やリストなのである。文字の技術を生業とした書記者は文官——事務官兼簿記係——であった。文学は吟遊詩人や語り部の専門領域に属し、彼らは他の職人が職業の秘訣を書こうなどとは思いもよらぬのと同様、彼らのネタを書き記すことなど考えてもみなかった。何世紀ものあいだ、書記は記録をとりつづけた。彼は自分の官僚的活動範囲にきちんとおさまり、苦情ももたなければ夢想もしなかった。その後、どの文明でもある時点で書記は「作家」として登場するようになる。書記に著作をはじめさせた動機を問うなら、答えはどのばあいでも同じである。つまり、書記は失業したときからものを書きはじめたのだ。

エジプトでは、それは紀元前三千年代の終りにかけて、古代王国の崩壊——文明の最初の悲劇的崩壊——のさなかに起こった。広大な官僚組織が瓦解し、それまで官僚的地位に安穏としていた書記は、自分が突如として打ち捨てられ、地位もなく、なすべきこともなくなっているのに気づいた。エジプト文学最古の二つの断片——前財務官吏イプウェルおよび前書記ネフェロフの『哀歌』のなかに、われわれは書記の絶望がこだましているのを聞くことができる。官吏としてのアイデンティティを奪われた書記がいかに新しいアイデンティティ——賢人、予言者あるいは国民の代弁者としての——を求め、いかに朗々たる文句で国土にふりかかった災禍を記述することにより、文筆業でもってふたたび脚光を浴びようと試みたか、を見ることができる。あるいはいかにネフェロフという「巧みな指をもった書記が文具の入った箱に手をのばし、巻紙と筆記具入れを取りだし、書きはじめた」かを読むことができる。彼は書いた、「汝の生まれしこの国を嘆き悲しむべく、わが心よ、立て……全国土は滅亡し、今や残るものとてなく、釘の黒きもそこにあるべきものより長くとどまることなし」と。

シュメールでは、最古の文学的記録は紀元前二千年頃の第三ウル王朝、「シュメールの最も栄光ある時代」の崩壊後のものである。この偉大な時代がつづいたあいだは書記は他にすべきことがあった。レオナード・ウーリー卿[6]は栄光にみちた第三王朝は「事実上いかなる文学的記録の痕跡も残さなかった」、と驚きを表明している。シュメールの書記が「過ぎ去った偉大な時代の栄光の記録にとりかかった」のは、アモリ人とエラム人の侵入によってようやくこの偉大な時代が終焉させられてからであった。

パレスチナでは文学は中央集権化したソロモン王国の崩壊後にはじまっている。隣国のフェニキアの商人は紀元前一千年頃にエジプトの煩雑な絵文字から単純化したアルファベットを完成しており、この新しい簡易な文字を採用することによってソロモン王は多数の読み書きのできなかったヘブライ人を彼の広大な官僚政治の構成員たる有能な書記にすることができたのである。テコア村出身の羊飼い、アモスでさえ特権的な書記になることができたのだ。その後ソロモンが死ぬと、すべては崩れ去った。新しい書記が多数、突然失業してしまった。アモスは自分の村に帰ってまた羊の番をしなければならない、彼の鬱屈《うっくつ》や悲哀は想像するに難くない。彼がテコアに帰って、ペンとインク壺と巻いたパピルスをとり、国にふりかかった災禍を切々と訴え、貪欲な商人や腐敗した官吏や聖職者を罵るのが眼にみえるようだ。彼は身辺に一群の弟子をおき、書くことを教える。すると彼らは彼の語る一言一句を書きとめる。かくしてアモスは一つの最も輝かしい文学的伝統を確立したのである。

ギリシアでは文学は高度に官僚化したミュケナイ文明の崩壊後に登場する。ここでもまた、フェニキアのアルファベットの導入が、社会を管理することを自分の生得権とみなしながらも適当な職をみつけることのできない、素質ある書記の数をふやした。アモスの同時代人であるヘシオドスは文章技術を修得したものの、農場にとどまらねばならなかった。彼もまた自分の同胞に説教し、教授し、そしてものを書きはじめたいという衝動にかられたのだった。

中国では文学の歴史は紀元前六世紀、周の崩壊につづく「群雄割拠」の混沌期にさかのぼる。国は群をなして放浪する書記でみちあふれており、彼らは行く先々で議論し、哲学し、陰謀を企て、執筆した。孔子もそのひとりであった。多忙で目的のある生活への渇望は廃業した書記たちのエネルギーを創造的方面にふりむけたのである。

余儀なくされた無為と創造的エネルギーの発散とが結びついているという例は、古今を問わず他に幾つも浮かんでくる。ツキュディデスは情熱的な将軍であった。作家になりたいなどとは思っていなかった。戦さで兵士を指揮したかったのである。しかし戦さに敗れたあと彼は追放され、他の将軍たちが戦争をするのを眺めて切歯扼腕するほかはなかった。そこで彼はかつて書かれた中で最もみごとな歴史の一つ、『ペロポネソス戦争』を書いたのである。マキャヴェリは生まれながらの策士だった。彼の宿望は黒幕になったり、折衝したり、策謀したり、巨頭会談をしたり、使節に立ったりなどすることだった。だが彼は二流の外交官としての職を失い、生まれ故郷の村に戻らねばならなくなり、村の宿屋で噂話やトランプ遊びにふけって日々をすごしていた。晩になると家に帰り、泥まみれの服を脱ぎ、礼服《トーガ》をまとうと、坐して『君主論』と『リウィウス論』の著作にかかったのである。

もうひとつ例をあげよう。フランス王ルイ十四世の治下、貴族階級はド・レッツ、ハミルトン、サン・シモン、ラ・ロシュフーコーなど、著名作家を多数生み出した。なぜそのようなことが他の国でなくフランスで起こったか、と問うなら、答えはまたも失業である。イギリス、スペイン、イタリア、ドイツの貴族階級が執務にあたり、財をたくわえ、戦さをし、王を即位させたり退位させたりさえしている間に、フランスの貴族は領地からひき離され、軍隊から引き抜かれ、ヴェルサイユに連れてこられ、そこでできたことといえばたがいに観察し合い、死ぬほど退屈することだけであった。

みずからが有用であるという感覚の喪失と感動的な行動へのはげしい願望が、あらゆる人々——羊飼い、農夫、官吏、将官、政治家、貴族、それにありきたりの事務官など——の内面で創造的な流れの堰《せき》を切ることがある、ということを示すにはこれで十分だろう。行動への満たされぬ願望に加えて、才能とある程度の専門的技術がなければならないことはいうまでもない。いうべきことをもたなかったり、いいたいことがあってもいうすべを知らなかったりする人々は、いかに条件がととのっていても決してものを書きはじめたりしない。ラ・ロシュフーコーにはあきらかに才能があったし、同様に重要なことだが、良い文章に対する審美眼をもっていた。ルイ十四世の治世は「警句に和らげられた専制」と呼ばれており、ラ・ロシュフーコーはまた芸術として表現がなされるようなサロンももっていた。それゆえ、失業が大衆の内部で創造の流れの堰を切ることを期待できるのは、つぎのばあいだけだ。すなわちアメリカの大衆が他の国の大衆に劣らぬ天賦の才に恵まれており、文学、美術、科学などの分野で、現在機械工学やスポーツの技術が広く普及しているのに匹敵できるような専門的技術が普及されうるばあいである。いつも私は一緒に仕事したり生活している人たちが才能のかたまりのようだと感じてきた。才能は稀少であるという通念は事実無根である。せいぜいわかっていることは、歴史には天才がいたるところに出現した短い期間と、凡庸と無気力の長い期間があるということだけである。小都市アテネではわずか五十年のあいだにアイスキュロス、ソフォクレス、エウリピデス、フィディアス、ペリクレス、ソクラテス、ツキュディデス、アリストパネスなど多数の天才が出現した。これらの人々は天から降ってきたわけではないのだ。似たようなことがルネッサンス期のフィレンツェ、オランダ―フランドル美術が開花した偉大な時期にあたる一四〇〇年から一七〇〇年にかけてのオランダ、エリザベス朝のイギリスで起こっている。確実にわかっていることは、才能や天才が稀にみる例外だということではなく、歴史全体を通じて才能や天才は広大な規模で浪費されてきたということである。スターリンはソ連の人口のうち最も知的で教養があり、才能のある部分を粛清し、ロシアを劣った農民の国にしてしまった。だが、ソ連が現在、革命以前にくらべて才能に恵まれていない、などと主張する者はいないだろう。だから私はアメリカの大衆が実現に値する才能をもっているか否かについて心配するつもりはない。大衆的ルネッサンスの可能性は、文化的専門技術の大衆への普及の可能性いかんにかかっている。私の予感では、そのような普及はわれわれの生活様式の根本的変化なしには起こりえない。だが、このことはのちに述べることにしよう。

過去に大衆が参加者として文化的創造力の領域に足を踏みいれた例がひとつある。ルネッサンス時代のフィレンツェでは芸術家の数が市民の数より多かったといわれている。これらの芸術家たちはどこから出てきたのだろうか。彼らは大半は店主、職人、農民、下士官などの息子であった。ジョットとアンドレア・デル・カスターニョは羊飼いの少年であり、ギルランダイオは金細工師の息子、アンドレア・デル・サルトは仕立て屋の息子、ドナテルロは羊毛すき人の息子であった。芸術家たちの多くは職人や工芸家のもとで徒弟時代をすごしている。フィレンツェで名誉を与えられた芸術は商売のひとつであって、芸術家は職人として遇されていた。彼らは職人のように革ベルトつきの長い上着《チユニツク》や、脚の中ほどまでくる外套を着ていた。ヴェロナ人が、職業はとたずねられると、「私は労働者だ」(Sono Lavoratore) と答えたものである。十六世紀の歴史家、ベネデット・ヴァルキは、子供時代から重い羊毛の桶や絹のかごを運びなれ、昼間と夜の大半を織機にへばりついてすごしたフィレンツェ人があれほど偉大な精神、あれほど崇高な思想を宿していたことに、驚きを表明している。フィレンツェでは誰もが諸芸術の創作過程と技法について何ほどかの知識があったようで、進行中の作品なら何であれ、良し悪しを判断することができた。さらに一種のスカウト制度があった。ちょうどわが国では路地裏で少年が野球のボールをすばやく巧みに投げればかならずといってよいほど眼をつけられるように、フィレンツェでも才能の萌芽を求めて若者を見守っている鑑識眼があった。羊飼いの少年が舗道《ほどう》から炭のかけらを拾い上げて壁に絵を描きはじめれば、それを見て、絵を描きたくないか、とその少年にたずねる者が誰かおり、アンドレア・デル・カスターニョはこのようにして画家になったのである。たしかにすべては小規模であった。しかし、われわれのような大国も結局は多くの小さな社会単位から成っているのだ。

才能の発達に関するかぎり、われわれは今なお食物採取時代の段階にいる。その育てかたをわれわれは知らないのだ。現在にいたるまでわが国では大衆のひとりが書くなり描くなりしはじめるのは、たまたま彼がうまい偶然にぶつかったからにすぎない。私のばあい、うまい偶然の出来事は一九三〇年代に起こった。私は子供の頃から読書の習慣を身につけていたが、学校へはほとんど通っていない。成人してからの人生の半分は移動労働者として、あとの半分は沖仲仕《おきなかし》としてすごした。ヒトラー統治の十年が私に思索をはじめさせたのだが、考えることと書く行為とのあいだには千里の隔りがある。どうやら書けるようになるまでに、私は良い文章への鑑識眼を獲得しなければならなかった。子供がキャンディをしゃぶるようにそれを味わうことだ。それはこんなふうに起こった。一九三六年の終り頃、私はネヴァダ・シティの近くに鉱床発掘をしに行くところだったが、その時雪に降りこめられるような予感がした。何か読むもの、何か長くかかりそうなものを手にいれる必要があった。そこで私はサンフランシスコに立ち寄ってぶ厚い本を求めることにした。歴史、神学、数学、農法、何の本だろうと実際には構わなかった、ぶ厚くて活字が小さく、挿絵が入っていさえしなければ。当時マーケット街にはリーバーマン書店と呼ばれる大きな古本屋があり、私はそこへ本を買いに行った。すぐに一冊みつかった。それは活字が小さく、絵の入っていない千ページぐらいの本だった。値段は一ドル。表紙には『ミシェル・ド・モンテーニュ随想録《エッセイズ》』とあった。私はエッセイの何たるかは知っていたが、モンテーニュが誰かも知らなかった。その本をナップ・サックにつっこみ、私はソーサリートへ行くフェリーをつかまえた。

思ったとおり私は雪に閉じこめられた。私は例の本を三回読み、しまいにはほとんど暗記してしまった。サン・ホアキン・ヴァレーに帰ってからは、口を開けばきまってモンテーニュを引用するようになり、仲間はそれを気にいってくれた。女、金、動物、食物、死、何でも議論になると、彼らは「モンテーニュはどういっているのか」とたずねたものだ。私はやおら本を取りだし、ぴったりの文章をみつけるのだった。今でもサン・ホアキン・ヴァレーのあちこちに、モンテーニュを引用している移動労働者が大勢いるにちがいない、と私は確信している。私がもっていたモンテーニュの本はジョン・フローリオの翻訳だとつけ加えるべきだろう。綴りは近代のものだが、文体は十七世紀、欽定《きんてい》聖書やベーコンのエッセイの文体であった。その文章には心にひっかかる響きがある。陳腐な事柄を何か新鮮なもののように聞えさせるのだ。モンテーニュは衆に抜きん出ていたわけではなかった。あるときストックトンに近い飯場の小屋で、隣りの寝棚にいた男が私のモンテーニュを拾い上げ、一時間かそこいら読みふけった。返してよこすとき彼はいったものだ。「こんな本は誰だって書けるさ」。

大衆の潜在的能力を実現する試みは空想的で馬鹿げてみえるかもしれない。だが、社会的能力の基準に照らしてみれば、それはきわめて現実的なのである。というのは、社会的能力というものは、それが天然資源をいかに効果的に利用するかによってだけでなく、人間資源をどう利用するかによっても測られるからである。実際、天然資源の利用は一集団に内在する知的、芸術的、手工芸的能力を現実化する手段として役だつときにのみ、有効であるとみなしうるにすぎない。したがって、もし全人口に潜在する才能を目覚めさせ開発しようとするなら、われわれは何が有効、有用、実際的、無駄、などであるかについてもっている概念を改めねばならない。現在までのところこの国では、われわれは時間を浪費するなと警告はされるが、人生を浪費するように育てられているのだ。

このことは、われわれが現存の自由企業体系を廃止するか、根本的に変革すべきだということを意味するだろうか。決してそうではない。私が懸命に求めている事態は、実際には現在の体系を操作しそこから恩恵を受けている人々にますます余裕を与えるかもしれないのだ。というのは、われわれは彼らを、新しい生活様式の実験ができる場所へ移住して行く数百万の職にあぶれた人々に対する責任から解放してやることになるからだ。いいかえれば、われわれはここで、競争状態ではなく、友好的、相互的に、そして一方から他方への移行が完全に自由な状態で共存しているふたつの社会体制を推薦しているわけである。

通常、現在の体制に代るものを考えようとするとき、選択の対象は、単独にしろふたつ以上の結合にしろ、教会としての社会、軍隊としての社会、工場としての社会、牢獄としての社会、学校としての社会のいずれかになる。われわれの目的からすれば、選ぶのは最後にあげたもの——学校としての社会——でなければならない。私は学校はこれまで科学と哲学をのぞいては、才能を促成栽培する温室ではなかったという事実を無視しているわけではない。われわれの文学、絵画、彫刻、音楽などの最良作品は学校から生まれてきたのではなかった。周囲を見回せば、現代世界における最も制圧的で冷酷な支配階級には多数の元学校教師が含まれていることがわかる、というのもまた真実である。これは共産主義諸国についても、アジアやアフリカの新国家についてもポルトガルの教授による政府についてもいえることである。だが、われわれは危険をおかしてでも学校教師による専制とたたかうそなえをしなければならないだろう。

まず、北部カリフォルニアの一片と南部オレゴンの一片からなり、カリフォルニア大学によって運営される試験州からはじめることにしよう。それを失業者の州と呼び、そこに入ってきた者は誰でも自動的に学生になることにする。州は多数の小さい学校区に分割され、各区はその天然、人間資源の実現と開発の義務を負わされる。生活必需品の生産はすべてオートメ化される、というのは生活の主要目的は人々が学び成熟することにあるからだ。学校区を小規模にするといったのは、人間の能力の開発には異なった興味、技能、趣味をもつ人々がたがいに知りあい、毎日のようにつきあい、競いあい、対抗しあい、刺激しあうような社会単位が必要だと確信しているからである。ひとつの体制から他の体制へ、ひとつの区から他の区への移行を完全に自由にする結果、人々の選別が継続的におこなわれ、やがて各体制、各区はその最も熱心な支持者によって運営されるようになろう。

一国内に二つの社会体系が共存することはわれわれの自由の感覚を強化する、という確信を私は抱いている。なぜなら自由は、経済、文化、政治の分野における二者択一の可能性にもとづいているのだから。専制がおこなわれていないばあいでさえ、みじめな貧困、政治的無気力、文化的均一性があるところでは自由は無意味になるからである。そしてたしかに、ふたつの異なった社会体系の二者択一ほど自由の感覚を生むものはありえないのだ。

最後に、新しくできる失業者の州が、国内でも枯渇し、荒廃した地域――森林は破壊され、鉱脈は掘りつくされ、土地も消耗したような地域――に創設されるなら、特に好都合である。天然、人間資源の同時開拓は新しい社会に熱意とより高度な適合性とを加味するだろう。

要約すると、オートメ化した経済をもつ社会の事業《ビジネス》はもはや事業ではありえない。「偉大な社会」かまったくの非社会か、人間資源の実現と開発に余念のない社会かまたは混沌に支配された社会か、選ぶならそのいずれかである。

一九六三年に私がとりつかれた大きな恐怖は、夢にも思わなかったことを私にさせることとなった。何年間も波止場にほとんど埋もれたままになっていたあとで、私はいつしかあちこち走りまわり、喋《しゃべ》りまくり、社会はじまって以来最も決定的な転機が迫っていることを人々に知らせ、そのような転機に達しながら転換しない社会には災厄がふりかかることを警告するようになっていた。私はまた、月日が経つうちに、神話や伝説の数々が自分の心に流れこんでくるのに気づいた。しばらく経ってようやく私は神話がひとつのパターンにはめこまれ、それらが一貫したひとつの物語——オートメーション版——を語っていることがわかった。それはこうである。

神は世界を創造したとき、ただちにそれをオートメ化したので、神がすることは何も残らなくなってしまった。そこで退屈のあまり神は手を加えたり、実験したりしはじめた。人間は手に負えない実験作であった。神が人間を創造したのは大胆な気分になっているときであった。「神の姿に似せて神は人間を創った」のだが、こうしてつくられた被造物が創造主と張りあい、それを凌駕《りようが》するということは、最初からわかりきった結論であった。そして事実、人間を創造したかしないかのうちに、神は不安と猜疑心《さいぎしん》にかられはじめたのである。神は最後の、そして最も奇妙な創造物から眼を離すことができなかった。エホヴァが雲の堤から身を乗りだし、この奇妙な生き物がエデンの園の樹の下でせかせか動きまわるのを眺めながら、この生き物の頭の中で何が起こっているのだろう――どんな考え、どんな夢、どんな計画、どんなたくらみが生まれているのだろう、といぶかっている様子が私には眼にみえるようだ。創世紀の最初の数章は、神が心配はしているがまさかと思っていることをあきらかにしている。人間が知恵の樹の実を食べた瞬間、神は最悪の懸念が現実になったのを確認した。神は人間をエデンから追放し、おまけに呪いまでかけたのである。

しかし、追放したところで謀叛人が謀叛を起こすのを止めることにはならない。アダムが放り出されたのち、ほこりの中から立ち上がり、閉ざされたエデンの門と見張りの天使たちに向かってこぶしを固めて、「戻ってくるぞ」とつぶやくのが眼にみえる。糧《かて》を求めて呪われた大地と格闘し、あざみやいばらとたたかう運命に陥りはしたが、人間は魂の内奥で、実際に創造主になること――神の創造物にまたがり、それを馴らしてしまう人造の世界を創造すること――を決意したのである。かくして人間が存在してきた数千年を通じて、神との競争が彼の闘争と努力の主要モチーフなのであった。大抵のばあいこのモチーフは日常生活の反撃にのみこまれてしまっているが、偉大な冒険性の時代には見まがいようなく明白となる。「人間が地表で殖《ふ》えはじめ」、創造力が突然奔出して車や帆やすき、煉瓦、冶金《やきん》術その他重要な考案物を発明するようになったあの伝説的な後期石器時代に、人間はまた「先端が天に達しそうな塔」をも建造しはじめたのである。彼らは、その栄光のために、「われわれの名を成す」ために塔を建てているのだといったが、しかし神はもっと賢明であった。「見よ」と神は従う天使たちにいった。「彼らはこんなことをしはじめた。今となっては彼らがしようと思い描いたことを何ひとつ制止することはできまい」そこで神は彼らの言葉をかき乱し、地表にあまねくばらまいてしまった。それからわずか六千年ののち、近代の西洋はバベルの塔の建設者たちが手放したものをとり上げたのである。

人間による創造を現実に開始したのは機械の時代であった。機械とは意志と思想を生命のない物質に吹きこむ人間なりの方法なのであった。残念ながら、第二の創造はまったくうまく行かなかった。神とちがって人間は自分がつくった世界をただちにオートメ化することができなかったのだ。発明力が十分になかったのである。

つい昨日まで機械は半機械にとどまっていた。それには意志と思想のギヤやフィラメントが欠けており、人間は発明力の足りない部分の穴埋めに自分の同胞を利用しなければならなかった。人間は男や女や子供を鉄や蒸気に縛りつけねばならなかった。機械時代はあのおそろしいファラリスの牡牛の話をふたたび繰りかえす始末になったのである。この話はファラリス王のために真鍮《しんちゅう》の牡牛をつくったアテネの彫刻家の物語である。牡牛がまるで生きているようにみえたので、彫刻家はこの牡牛に生気を与え、本物の牛のように咆えるようにしたい、という欲望にとりつかれてしまった。むろん彼にはそうするだけの発明の才はなかったが、人間をその穴埋めに利用しようと思いたった。彼は牡牛の喉をうまく工夫して、生きた人間を体内に入れて下から火を放ったとき、犠牲者の叫び声や呻き声がこの特製の喉からまるで生きた牛が咆える声のように聞えてくるようにしたのである。まさにそのようにして過去百五十年のあいだに数百万の人間が土地からすくい上げられ、ファラリスの牡牛を咆えさせるために、煙を吐く工場の体内に放りこまれた。人々の大部分は工場や鉱山の貪婪《どんらん》な胃袋から逃れる手段をもたなかった。たとえ大西洋を渡ってアメリカに来ても、やはり工場や鉱山が彼らを受けいれようと待ちかまえていた。

その後、ほんの最近になって、オートメ化した機械がほとんど知らぬ間にじりじりと舞台に登場してきた。それは数学者や技師が人間の脳の複写を試みていた工業学校の実験室で生まれた。そしてそれは人類を長い世代にわたって苦しめてきた労働という病いを癒すためではなく、人間をその生産過程から駆逐するために工場へもちこまれたのである。

権力というものはつねに人間の本性、つまり人間という変数を行動の方程式から消去してしまおうという衝動を帯びている。独裁者はそれをテロルあるいは盲目的信念の教育によって実行する。軍隊は厳しい規律によってそれをおこなう。そして生産業者はオートメーションによってそれができると思っている。しかし世界はまだ人民委員や将官や全国生産者連合の手中に落ちてはいないのだ。現在はいたるところで絶対的権力の行使には不利な風潮の変化がおこっている。全体主義国においてさえ、一般大衆の要求が経済、社会、政治上の決断が下される際の決定要因となりつつある。したがって、オートメーションの行きつくところがわれわれの望みどおりになるチャンスもあるのだ。

私はサンフランシスコ埠頭で機械化がはじまった日をけっして忘れないだろう。

新聞用紙の荷揚げはそれまで最も困難な作業のひとつだった。巻き紙《ロール》は、中には高さ八フィート、重さ一トン近くもあるものがあったが、水平にデッキにおろされ、長い柄のついた金属製の手押し車にころがし載せられ、運搬されて行った。その際は足もとに注意して、積荷のバランスをとるために筋肉という筋肉を緊張させ、絶えず走らせていなければならなかった。今では巻き紙は垂直に二巻きずつ出てきて、ひとりでに上陸する。陸につくとクランプの綱が自動的に巻き紙をはずす。すると特製のリフトが走り寄り、パッドをあてたアームでそっとふたつの巻き紙を抱きかかえ、羽毛のように軽々と持ち上げ、ドックに戻って行き、必要なばあいは巻き紙を高くふたつ重ねに積む。その最初の日、私は一日中巻き紙が出てくるのを見守っていた。私がすることは巻き紙を軽くたたいて安定させ、ときおりギヤをいれ替えるだけであった。私はこう考えた。「神との小競りあいは今やはるばるエデンの門までおし戻ったのだ。エホヴァと燃える剣をもった天使たちはエデンの要塞に閉じこめられ、オートメ化した機械をたずさえたわれわれは門をたたき壊そうとしているのだ。そして、エホヴァと天使たちの眼の前でわれわれは、人間は額に汗してパンを食べるべしという神託の無効を宣言するのだ」。

正確にいえば、このムードは私の仲間の沖仲仕の多くに共有されたわけではない。彼らは機械が彼らに噛みつかないことを確かめたがってでもいるような、本能的な警戒心を示したのだ。雇用者との契約があるから収入を失なうことも一時解雇されることもないという事実にもかかわらず、こうなのである。ここより保護の少ない工場では、反応はおそらくもっときびしいだろう。

真相は、過去百年間の熱狂的な突進がわれわれを息切れさせてしまった、ということなのである。われわれには唾をのみこむいとまもなかった。われわれは、オートメ化した機械がわれわれを解放しにやって来て、エデンへ戻る道を示しているのだということ、そしてそれがいかなる革命も、教義も、祈りも、約束もなしえなかったことをわれわれのためにしてくれるだろうということを知っている。だがわれわれはたったいまそこに到達したということを知らない。われわれは、第二の創造の七日目が来て、窮極《きゅうきょく》の安息が眼の前に拡がっているということを認めるのを恐れて、汗とほこりにまみれてあえぎながらその場に立ちすくんでいるのだ。

Ⅲ　黒人革命

アメリカにおける黒人のジレンマは、彼がまず黒人であり、個人であるのは二次的なことにすぎない、ということである。黒人社会が一丸となって世界の賞讃を得るようなことを実行してはじめて、黒人の個人は完全に自己自身になれるのだ。いいかたを変えれば、アメリカの黒人が自尊心をもてるようになるには、自分と同種の人々、その業績、その指導者に対する誇りをもつ必要があるのだ。現在のところ、個人的業績は黒人の魂を癒すことができない。個人としての優秀さがどんなにめざましいものだろうと、彼は「金で買えない生の恵み」を味わうことができないのだ。したがって、アメリカの黒人の苦境は、彼に最も必要なものが自分では与えることのできない何かだということ、のみならず、政府も法律も法廷も与ええず、黒人社会総体のみが彼に与えうる何ものかだということである。

黒人の作家や知識人のはげしい抗議にもかかわらず、黒人は白人の問題なのではない。その反対に、白人が黒人の主要問題なのである。現状では黒人は白人が定義するとおりの存在である――彼は白人の風聞によってのみ自己自身を知るのだ。黒人の魂を浸蝕するものは、彼に向けられる根強い偏見に対する彼のおそるべき内面的合意である。白人の風聞を打ち消して、自分で選ぶとおりのものになるためには、黒人は自分自身の劇作家となり、自分自身の劇を上演し、自分が選んだ役割を自分自身で演じなければならない。それは英雄劇でなければならず、しかもこの国でも特に黒人の非行が目だち、それを矯正するためには生命の危険がともなうような地方で上演されなければならない。アラバマ州やミシシッピー州には黒人が多数派であるような郡がある。もしそのような郡――小さい郡がのぞましい――がひとつ静《せい》穏《おん》に組織され、保安官を選出して外部の妨害から彼を守ることができるようになれば、この国の各地で黒人に救済をもたらす一連の事件がはじまることだろう。それは規律と統制のとれた暴力、寛容的でもある暴力による救済となるだろう。〔公民権運動を弾圧している〕ブル・コナーとかクラーク保安官といった人物がその郡に来たら、彼は武器を取り上げられ、おいしい昼食を与えられ、郡境まで連れもどされる。そういう小規模の黒人アラモ砦を成功させることは見込み薄だ、などというのは的はずれである。ここでの敗北は、ニューヨークやサンフランシスコで何回勝利するよりもはるかに黒人の自尊心を増すことになるのだ。黒人は真正の、いかにも英雄らしい英雄を必要としている。殉教者にもスローガンを叫びたてる者にも歴史はつくれない。もしイスラエルで、ガス室から逃げてきた数千人の避難民が断固立ち上がり四千万のアラブ人に挑んだのなら、アメリカの黒人が一団の臆病な白人のくずに向かって立ち上がることもきっと可能なはずである。アラバマやミシシッピーの黒人郡は、パレスチナがユダヤ人の故郷である以上に真実に黒人の故郷である。しかし、黒人は持続的な社会的達成の根底にある忍耐強い地味な組織的な仕事が苦手である、という印象を人は受ける。現在の一般的感情では、黒人に必要なものはすべて外部で十分に育ってから獲りいれねばならないようである。ジェームズ・ボールドウィンが数年前にイスラエルに行ったとき、彼の中の何ものかが、彼が真に見るべきだったもの、すなわち弱者がみずからの魂を癒すために何をなしうるかということのよい例を見えなくさせてしまったのである。その代りに彼は「ハーパー」誌に、シニカルなイギリスとシニカルなアメリカとがユダヤ人にパレスチナを与えたのだ、という論説を書いた。ボールドウィンにとっては、もし人が何かをもっているとすればそれは誰かがくれたからだということが自明の理なのである。どうやら彼は、誰もわれわれに自由を与えたり、われわれの恥辱をとり去ったりすることはできない、またわれわれが他人に期待できることは彼らがわれわれの幸福を望んでくれることだけだ、という基本的な事実に気づいていないらしい。

はたしてアメリカの黒人には協力と自助の機関をもった真の社会を創造する能力があるだろうか、と人は訝《いぶか》りはじめる。現在の黒人の叫びのただ中ではいくら耳をそばだてても、「われわれを放っておいてくれれば、われわれに何ができるかお目にかけよう」という小さな声を聞くのは不可能なのだ。黒人を助ける唯一の効果的な方法は彼らがみずから助けるのを助けることだというのが真実だとすれば、たしかに黒人は自発的で自立した生きかたを嫌悪し、あるいはおそらくそれに対する能力もないので、彼らに果たして自由と自尊心を獲得できるかどうか疑問になってくる。平等を求めてたたかう少数者がこれほど相互扶助や協力の能力を欠いている例はほかに考えられない。黒人がいかなる職業においてにせよ名声を得ることがあれば、かならずといってよいほど、彼は黒人たちの生活様式や慣習や雰囲気から逃避したいという衝動にかられる。彼は黒人の大衆を、彼の首にぶらさがって引きずりおろし幸運と幸福の高みにのぼらせないようにする石うすとみなしている。裕福な、あるいは教育を受けた黒人は、（保険、新聞出版、化粧品などで）私腹をこやしたり、職業上政治上の地位を上げたりするために黒人仲間を利用はするが、彼の同胞の重荷を軽くするためには指一本上げようとしないのだ。かくして、黒人の中で最も冒険的で野心的な部分はみずからを数百万の黒人から差別し、彼らを黒人ゲットーという抑圧の汚水だめで溺れるがままに放置するのである。

黒人の指導者は黒人大衆の人格や可能性をほとんど信じていないらしい。彼らの言動は概して非黒人のアメリカに向けられているのだ。彼らは力の貯蔵所としての、運命を決する存在としての黒人大衆に気づいていない。黒人大衆に対するこの信頼の欠如は、黒人革命の特異なパターンを決定している。その目標、戦術、財政はしっかりとした黒人の支持にもとづいていない。サンフランシスコ埠頭《ふとう》における私の仲間である黒人沖仲仕《おきなかし》たち（彼らのうち年間七千ドルないし一万ドル稼ぐ者は二千人あまりいる）にひとわたり質問してみても、誰ひとり黒人運動への寄付を求められたことはなく、また誰ひとりCORE(7)のピケット・ラインに接近したこともない反面、多くの白人沖仲仕は黒人組織から寄付金依頼を受けており、そのうちの幾人かとその娘たちは情熱的にCORE活動に加わっていることがわかったのである。われわれが自分自身に期待するのと同等に黒人に期待することが正当であるか否かはともかくとして、黒人が自分自身にあまり期待しないかぎりは、われわれが黒人にほとんど期待できないのはあきらかである。

黒人大衆に根をおろしていない以上、黒人革命は育つことができない。長い時間をかけて成長したのちにようやくめざましい豊かな成果をあげうるような遠大な計画には加わることができない。それは目先の派手な目標をねらっているのだ。それは徹頭徹尾現在にかまけており、未来のことなど考えてもみない。過去においては、訂すべき多くの不正があるところではいつも、目につきやすい結果を生む見込みが最も少ないものから最初に取り組んだものである。十九世紀初期のイギリスには改善を要する悪弊は数多くあった。大衆のあいだには想像にあまるほどの貧困がはびこり、法律による弱者の保護が欠けていたが、それでもあらゆる改革勢力を結集した攻撃の矢が、議会の腐敗に向けて放たれたのである。黒人の平等の問題は、最初の攻撃の的が人種差別より公民権剝奪の問題だったなら、もっと見とおしが明るかったのではないかという感がある。しかし黒人指導者たちは、黒人大衆に信頼も基盤も置いていないので、投票が成果を生むのを待つことができないのだ。彼らは、「まず政治上の王国を求めれば、他のすべてはそれに加えられる」というエンクルマ・ガーナ初代大統領の忠告に耳をかすことができないのである。

黒人革命の問題性は、何をもって敵となすかという選択に本質があらわれる。それはおとなしい敵――真の敵は危険すぎる――を豊富に供給されることを望んでいる。そしておとなしい敵に出会う方法とは、自分の友人つまり白人のリベラルこそ、白人であるがゆえに敵なのだ、と宣言することである。ジェームズ・ボールドウィンやリロイ・ジョーンズのような人物が黒人の主張を生涯かけて擁護してきた白人のリベラルをそしったりなぶったりするとき、ほとんどこういう心理的歪みをそこに嗅ぎとることができる。ボールドウィンやジョーンズは黒人の癒しがたい無価値性を頭から信じこんでいるので、黒人のことをよく思う者は誰でも彼らには単純、あるいはたんに不正直にみえるらしい。

同様な歪みによって、黒人革命はその唯一正当な戦場のかわりにおとなしく御しやすい代用物を手にいれようとしている。* 最近まで黒人革命はミシシッピーやアラバマに対しては、時折手を出す以外には食欲を感じていなかった。一九六四年にサンフランシスコのCOREの指導者がサンフランシスコ・シティ・ホールの階段から世界に向かって、サンフランシスコはミシシッピーなのだ、と声明したのはそういう事情によるのである。ニューヨークのギャラミソン牧師はたまたまその日われわれの市に来ていたのだが、その発言を拡大して、サンフランシスコはミシシッピーよりひどい、といった。マーティン・ルーサー・キングでさえ、黒人の真の問題は南部ではなく北部にあるといったと伝えられている。つまり、黒人革命の広報機関は四六時中、ためらいもなく限度もなしに、黒人の真の敵は南部の外にいるわれわれなのだ、黒人を弾圧し、搾取し、動物扱いするのはわれわれなのだ、と聞かせつづけているのである。

＊この章は最初一九六四年「ニューヨーク・タイムズ・マガジン」に本書とはわずかに異なったかたちで発表されている。黒人大衆の公民権運動への参加はここ二年間にいくらか増えている。真の解放とは自力ですることだ、という明確な自覚はまだない。今なお穏健で忍耐づよい組織は敬遠され、派手ですぐ得られる成果や、御しやすい敵、御しやすい戦場

を求める傾向がつづいている。いまだに人間のなすことは言葉の反響にすぎないという幻想がある。現在ブラック・パワーを要求する叫びを聞いていると、権力というものは缶に入ってくるものだから手をのばしてつかみとりさえすればよいのだ、という印象を受ける。

これはわれわれの耳にはどう響き、私と同じ肌の人々はこれにどう反応するだろうか。

端的に事実をいえば、私が生涯をともに暮し働いてきた人々、南部以外の人口の約六十パーセントを占める人々は、黒人に対していささかの罪悪感も抱いていないのだ。われわれの大多数は十代のうちに生計を立てるために働きはじめ、そして生涯貧しかった。われわれの大半は初等教育を受けただけである。われわれの白い皮膚はわれわれにいかなる特権もいかなる恩恵ももたらしてくれなかった。二十年以上ものあいだ私は黒人たちとともにカリフォルニアの畑で働き、ときには黒人の経営者のためにも働いた。次の二十年間をすごしたサンフランシスコ埠頭には、白人と同数の黒人の沖仲仕がいる。私とおなじ肌の色の人間は世界がわれわれに借りがあるなどとは感じないし、われわれのほうで誰か――白人、黒人、黄色人種――に何ひとつ借りがあるとも感じていない。われわれは黒人もわれわれの有するあらゆる権利——投票権、われわれに開かれているどの組合にでも参加する権利、どこなりと好きなところで生き、働き、学び、遊ぶ権利——をもつべきだと信じている。だが黒人はわれわれに特別な要求をつきつけることはできないし、われわれに対して正当な苦情をもちこむこともできない。彼らがわれわれのためにわれわれの仕事をしたことなどたしかにないからだ。彼らの手よりもわれわれの手のほうが節くれだち、働きつぶれており、われわれの顔のほうがしわが深く、やつれている。たとえボールドウィンが百人寄っても、毎朝われわれの周旋所《しゅうせん》にやってきて大声をあげ、冗談をいい、飲み食いする黒人の沖仲仕たちが、悪夢やみじめな子供時代の記憶につきまとわれているとか、剝奪され、無力化され、貶《おとし》められ、圧迫され、辱しめられていると感じているとかいったことを私に信じさせることはできない。周旋所でみられる歪んだ顔、まるめた背、陰気な曲がった姿形は黒人のものではない。

ひとしく馬鹿げているのは、アメリカ黒人はアメリカから疎外されているという主張である。差別があるにもかかわらず、黒人は現実にはこの国では他の国民よりも居心地よさそうにみえる。黒人の知識人でさえ、よそへ移住してもうまくやっていけるかどうかは疑わしい。この大陸に植民した白人たちは大部分が農民であるが、移住が成功するようなタイプの人間ではなかった。彼らの癒しがたいホームシックはたんに彼らを永遠の漂泊者にしたばかりでなく、彼らに自分たちはこの地球上の異邦人なのだという感覚を与えたのである。それが彼らを駆りたて、彼らはかつて試みられたことがないほどに彼ら自身による人工の世界を神の創造物の上にかぶせ、疑いもなくアメリカの前例のないダイナミズムに寄与したのであった。

穏健であろうとつとめているときでさえ、黒人革命の広報機関はわれわれを苛《いら》だたせ、軽蔑でいっぱいにするのだ。黒人はこういっているようにみえる。「私をあんたの腕に抱き上げてください。私は見捨てられ、虐待された子供なのです。私をあんたのお気にいりの息子として引き取ってください。私に食物と着物を与え、教育をほどこし、愛し、甘やかしてください。今すぐ実行してくれないとあんたの家に火をつけるか、戸口で腐ってあんたが吸う空気を毒してやるぞ」。

要するに、黒人革命はぺてんなのだ。それは黒人大衆の人格も可能性も信じていない。真の敵や、真の戦場や、絶望的な状況を好まない。安っぽい勝利と安易な道を望んでいる。真の大衆運動は絶望的な状況から逃げたりはしないものである。それは何よりも自分の信念の正当性と有効性を実証したいと望むのだが、これはとても勝ち目のない相手、何であれそれに成功するのは奇蹟に近いようなものとたたかうことによってのみ可能なのである。実際、困難のないところでは真の革命家は故意に困難をつくり出すので、しばしばまるで革命家の信念のおもな機能は彼をみずから創造した困難から脱せしめることにあるかのようにみえるのである。

南部以外のところにいる黒人はわれわれに対してどんな特殊な要求もどんな正当な苦情ももちえない、と私は先にのべた。これは、黒人は真に困窮していないとか、黒人は他の者が直面しなくてもすむような絶望的な問題をかかえていないとかいうことではない。

私にとってこの国はつねに良い国に思われた。なぜなら主として、ここではたいていのばあい私は第一に人間であることができ、その他のもの——労働者、アメリカ人など——であるのはほんの二次的にすぎないからである。黒人の場合はそうはいかない。彼のおもな悩みは、何よりも第一に人間であることができない、ということである。これは黒人の知識人や出世した黒人にとってはとくに腹だたしいことである。何をどれだけ所有しようと、彼らは最も欲しているものだけは欠いているようにみえる。これほど大きな抑圧はない。

第二に、たとえ差別の痕跡《こんせき》が一夜にしてすっかり拭い去られたとしても、南部以外の黒人は依然としていたましい危機に悩みつづけるだろうし、われわれがもし黒人ゲットーで起こりつつあることを理解しようとするなら、この危機の本質のいくばくかを知る必要がある。黒人作家のラルフ・エリスンは、アメリカ黒人はいま二重の徹底的変化をこうむりつつある、と指摘した。南北を分つメイスン・ディクスン線をまたぐだけで、彼らは封建制度から工業主義の渦中へ、法的服従から法的平等へと踏みこむのである。ところで、新しいものへの適応につきものの艱難辛苦についてわれわれが学んだことはすべて、新しい生活をはじめ新しい人間になろうと努力している黒人にかならずつきまとう尨大なハンディキャップのなみなみならぬことを知らしめるのである。南部から出て行く黒人はこの国に来た数百万のヨーロッパ移民の体験を反復することはできない。ヨーロッパからの移民はほとんど未開の大陸を意のままにし、個人的栄達の無限の機会を得ることができたばかりでなく、到着すると同時に自動的に新しい人間に加工されたのである。彼らは新しい言語を学び、新しいスタイルの服装、新しい食事、そしてしばしば新しい名前を採用しなければならなかった。黒人の移住者はたんに自分の向上のためのささやかな機会を見いだすだけで、彼らから伝統や習慣を奪い、新生の感情を与える「脱出経験《エクソダス》」をもたない。なかんずく、アメリカそしておそらくどんな白人環境でも、黒人は何になろうと何を成就しようと依然としてまず第一に黒人であるという事実は、新しい個人のアイデンティティの達成を彼の手の届かないところに押しやってしまうのである。エリスン氏は、新しいアイデンティティの模索が黒人ゲットーの常軌を逸した雰囲気の中でしばしばとる珍奇な形態を、つぎのように説明している。「生活は仮面舞踏会となり、エキゾティックな衣裳が毎日着られる。馬を借りるゆとりもない者が乗馬服を着る。狩猟旅行をする金のない者やスポーツ試合などめったに観に行かない者が狩猟ステッキをもち歩く」。

それゆえ、黒人が自力で個人としての新しい実存に適合しうるかどうかは疑わしく思われる。彼は砂漠をひとりで越えて個人の約束の地に入ることができない。かといって彼に再生の感覚を与え、自分の足で立てるようになるまで支えてくれるよう、真の大衆運動を利用することもできない。今日までアメリカは大衆運動の興隆にとってはよい環境ではなかった。この国で大衆運動をしてはじまるものはどんちゃん騒ぎ、儀式、組織になり果ててしまう。他のどこの大衆とも異なり、アメリカの大衆は現在というものに絶望したことがなく、新生活や新世界のためにそれを犠牲にするのをいやがるのである。この点でアメリカの黒人はハンディキャップにもかかわらず、根本的には他のアメリカ人同胞となんら変りはない。彼は法外な夢もヴィジョンも奔放な希望ももっていない。彼は中流のアメリカ人の生活以上に壮大で望ましいものを思いつくこともできないのだ。別のいいかたをすれば、アメリカの黒人少数者は少数派である以上にアメリカ的なのである。それは、「世の弱きものが強大なものを混乱させ……存在しないものが存在するものを無に帰すこと」を可能にする魂の錬金術師を生むことができない。同胞アメリカ人と同様、黒人も「存在しないもの」よりも、店のウィンドウで見るものが欲しいのだ。黒人大衆が行動するとき、大衆運動が生じるのでなく略奪騒ぎが起こるのはそのせいなのである。それゆえに、黒人ゲットーの「不在性」と「無名性」を癒し、黒人を現在の危機から救い出すのははたして大衆運動であるかどうか疑わしい。

だが、イライジャ・ムハンマド(8)とブラック・ムスリム運動についてはどうか。すべての黒人指導者の中でただひとり、イライジャ・ムハンマドだけはあらゆる徹底的な人間の変身において新しく生まれ変ることの絶対的必要性をはっきり自覚しており、彼のみが新しいアイデンティティを演出する技術を修得している。ある意味では、ブラック・ムスリム運動はアメリカがヨーロッパからの幾多の移民に対して自動的になしたことを、黒人に対してなそうと試みているのだ。回教徒の仲間に入ることによって黒人は彼の習慣、態度、意見、信念などを根こそぎ喪《うしな》ったのである。彼は新しい名前、新しい宗教、それに新しい生活様式を与えられた。これをおこなうためにイライジャ・ムハンマドははらはらさせるような、ほとんど常軌を逸した不合理の教理をつくり上げねばならなかったということは、人間本性の奇怪な性質を知っている者にはさして驚くに足らないだろう。人間に関する事柄には、最も単純な目的が最も迂遠な異常な手段によってのみ達せられることがしばしばあるものなのだ。そして事実、ブラック・ムスリム運動は多くの確実な業績を示すことができた。それは怠け者、犯罪者、麻薬常習者、飲んだくれをまっとうな、目的をもった人間に変えたのである。

とはいえ、この国では回教徒がはたして力強い前進力と気力にあふれた運動になれるかどうかはきわめて疑問である。アメリカはなんといっても真の大衆運動の展開と持久には有利な国ではないのだ。この国の巨大な消化力と同化力は、それが大衆運動に対してこれまではたしてきたことに何にもまして顕著にあらわれている。それはピューリタニズムを成功する資本家の促成栽培温室に変えてしまった。モルモン教を実業界の大立物の学校に変えてしまった。しかもアメリカ共産主義でさえ、成功する不動産業者の大学予備校になりつつあるのだ。*そしていまやブラック・ムスリム運動がアメリカ化しつつある。それは改宗者を実務上の成功を得るべく準備させているのだ。イライジャ・ムハンマドか彼の後継者に先見の明があるなら、彼の運動の未来はアメリカではなくアフリカにあることに気づくだろう。黒人によって孵化され、黒人の優越性を説き、アメリカの工業技術と結びついた回教徒の異端が、アフリカ制覇の無類の道具となりうることは、考えられないことではない。アメリカだけに限定されていればブラック・ムスリム運動はやがて商店、銀行、工場、農場の持株会社になってしまうかもしれない。それが望みうるのはせいぜい首都ニュー・メッカに回教寺院をもつ、ユタのミニチュア版というところだろう。

＊サンフランシスコ埠頭では、共産主義者たちが最も腕ききの資本家である。

全国に発生しつつある他のブラック・ナショナリストのグループについていえば、それらは黒人の不在証明《アリバイ》と安易な脱出口を求める情熱のあらわれにすぎない。それらは可能なものを獲得するのに必要な不断の努力を逃れるための、不可能なものへの没入である。ブラック・ナショナリストがすることといったら、つぎはどこで火の手があがるか、そしていかに南部の六つか七つの州を乗っ取って黒人王国を創設し、追いつめられてすくみあがっている白人アメリカの首根っこをおさえつけるかなどについて長広舌をふるうことぐらいである。心は英雄的な黒人文化《ネグリチュード》に対する誇りでふくらみ、しかも何かをしようとして指一本あげなくてもすむのだ。

最後に、私にはアメリカ黒人が、マーティン・ルーサー・キングの言葉を借りれば「アフリカの黒い兄弟、アジア、南米、カリブ海の渇色や黄色の兄弟」と一体化することによって、どうしてアイデンティティの危機を脱《のが》れうるのかわからない。当然ながらアメリカ黒人を私と同様にアメリカ人であるとみなす私は、現在のところアジア、アフリカ、ラテン・アメリカ全体を見ても、私を心から崇敬でふるい立たせ、心を燃え立たせ、連帯する気を起こさせてくれるような個性はただのひとりも見いだせずにいる。ジェームズ・ボールドウィンやマルコムXのような連中が権力の味にこがれて、エンクルマのような似而非《えせ》インテリの独裁者と連帯することはありえないことではない。しかし、ひとりの黒人沖仲仕が、自分を創造主と空想するような誇大妄想の男のことを思っただけで誇りで胸がふくらむなどということは考えられない。

あきらかにその逆でなければならない。黒人のエネルギー、独創力、技倆そして根性が何をなしうるかを世界に示し、世界中の黒人の連帯の対象として貢献すべきなのは、アメリカの黒人なのだ。アフリカの新しい黒人国が工場やダムや鉄道を建設したり、軍隊を創設したり、灌漑系統に着手したりしたいとき、頼りにできるのはアメリカの黒人なのである。イスラエルのひとにぎりのユダヤ人が世界中に散在するユダヤ人の自尊心のためになしてきたこと、そしてアジア、アフリカの新興国を援助するために今なしつつあることが、われわれと同じ空気を吸いわれわれと仕事をともにする二千万のアメリカ黒人に不可能なはずがない、と考えずにはいられない。

疑問はまだ残っている。アメリカの黒人は自分の魂を癒し、望ましいアイデンティティで身をまとうために何ができるだろうか。それは自力でなされねばならない。黒人に対し、また黒人のためになされることは、いずれも黒人によってなされねばならないのだ。黒人を約束の地へ率いて行く非黒人のモーゼなどありえないのだ。非黒人のアメリカはただ金と善意とを提供しうるのみである。すでに見てきたように、黒人は自分を黒人ゲットーの抑圧から引っぱり出してくれるような真の大衆運動を求めることはできず、アメリカ以外の黒人や黒人系《ネグリチユード》との同一化によって自尊心を獲得することもできない。それでは彼には何が残されているだろうか。

黒人に残された唯一の道は共同体《コミユニテイ》建設である。望もうと望むまいとアメリカ黒人はある特定の集団に属してはいるが、人がある集団に加わることによってふつうなら獲得する価値と満足を、彼はもたないのだ。われわれがある集団のメンバーになるとき、自分の望むアイデンティティを獲得し、その集団の努力と達成に参与することによって価値と有用性の感覚を引き出してくるものである。あきらかに、自分が否応なく結びつけられているこの形も目的もない集団を、努力と達成が可能でその成員を誇りと希望でふるい立たせることのできる真の共同体へと変革することが、黒人の主要な仕事なのである。

アメリカの精神的風土は大衆運動の発生には有利ではないが、生育しうる共同体の建設には理想的であり、共同体建設の可能性は広範囲におよんでいる。アメリカ人を腕のある人物だというとき、われわれはたんに彼の技術的手腕のみならず、政治的、社会的手腕をも念頭においている。かつて、あの大不況のさなかにサン・バーナーディノ山脈の道路を敷設する任務をおびたある建設会社は、トラック二台をロサンゼルスのどや街に送り、トラックによじ登る体力のある者全員を雇用した。トラックが満員になったとき、運転手は後尾とびらを閉めて走り去った。われわれはサン・バーナーディノ山脈中のとある山の中腹でおろされたが、そこに食糧や備品の包みがおいてあった。会社は現場に要員をたったひとり配置しただけであった。われわれは自分たちを選りわけはじめた。多数の大工、電気工、機械工、コック、ブルドーザーやジャック・ハンマーを操作できる者、それに職工長までいた。われわれはさっそくテントと料理小屋を建て、便所とシャワー室をそなえつけ、夕食を調理し、翌朝道路をつくりに出かけた。もし規約を書かねばならなかったとしたら、おそらく誰か、かくかくしかじかの条文を書く知識をもつ者がいただろう。われわれはどや街の舗道《ほどう》からすくい上げられたひとすくいの土くれではあったが、サン・バーナーディノ山脈の中腹にアメリカを築くことだってできたのだ。トラック二台の黒人だったらそれと同程度に活躍できたかどうか、私には論じるすべもない。私の知ることといえば、平均人と例外者の差は白人集団より黒人集団における方が大きいということだけだ。したがって黒人集団が組織化されるには、外部からのリーダーシップの注入が必要だということももっともだろう。このことは、黒人のエネルギーを動かすことは黒人の中流階級を黒人大衆と再統合しないではほとんど考えられない、ということを示唆している。

精力にみちた黒人共同体というとき、私は黒人ゲットーを意味しているのではない。その成員がどこなりと好きな所に住んでいてさえ、効果的に機能する黒人共同体は存在しうるのだ。私が考えているのは黒人のセンター、社交界、代理機関、貸付け協会、スポーツ・クラブ、討論クラブといったものである。そのような公共機関はユダヤ人、日本人、中国人その他の少数民族のあいだで役割を果しているのがみられる。今まさにサンフランシスコのみならず全国の黒人のあいだで、大々的な協同的事業への意志が熟している、と私は感じている。それは黒人のモデル住宅地、黒人病院、黒人劇場、黒人の音楽・ダンス学校、あるいはモデル小学校、職業学校の建設であってもよい。念願の目標を果すために才能や金を集め、指導するには、この仕事に献身する男女が必要である。それはアメリカでは毎日のように、あらゆる種類の人々によってなされている。誰か——一個人か一小グループ——がこれらのことをはじめねばならない。サンフランシスコでは二千人におよぶ金のある沖仲仕がそのようなグループになることができよう。

共同体建設による黒人の救済は歩みののろい過程であり、その最終結果は、自尊心と堅実な満足の持続的な根拠とはなっても、天国のようなものにはならないだろう。黒人を近い将来に迎えるような地上の天国も約束の地もありはしないのだ。あるのはただふつうのアメリカ人の権利と重荷と平凡な生活だけである。

Ⅳ　現代をどう名づけるか

われわれが生きている時代は大衆《マス》の時代だというのが一般の印象のようである。本を開いても、討論をはじめても、その半分はマス・プロダクション、マス・コンサンプション、マス・コミュニケーション、マス・ディストリビューション、マス・カルチュア、マスなんとか、マスかんとかに触れているのに気づく。われわれはあらゆる病状につけて大衆を非難する。文化や政治の低級化につけ、生活様式の無意味さにつけ、人口の爆発的増加につけてさえもだ。

事実、アメリカは大衆が社会全体に彼らの趣味や価値観を押しつけた唯一の国である。アメリカ以外のどこででも、有史以来社会は貴族、書記、実業家、修道院内外の教団などの排他的少数者によって形成されてきた。アメリカにおいてのみ大衆は彼らをこづきまわす親方もなしに、自力でできることを示す機会を得たのであり、しかも彼らにその機会を与えるには新世界の発見が必要だった。だが、現在のアメリカでは大衆は退場しようとしている。オートメーションの到来にともない、一般人の九十パーセントが不要で役たたずの存在になろうとしているのだ。

大衆の特殊な素質と才能を受けいれる余地はもはやなくなっている。この国にはかつて大衆が探険者や開拓者として活躍した時代があった。彼らは未知の地にとびこみ、土地を拓き、都市を建設し、州を創立し、新しい信仰をひろめた。大衆がアメリカを建国し、ほぼ一世紀にわたってその未来を形づくったのである。しかし今はもうそういうことはない。アメリカの未来はいまやスーパーマンたちの配置されたとほうもなく複雑で高価な実験室の中で形成されつつあり、大衆は使いものにならない消耗品になろうとしているのだ。

われわれの時代が大衆《マス》の時代であるとはとんでもない。今は知識人の時代なのだ。知識人たちが伝統的な行動人を権力の座から隠居させている光景はどこででも見ることができる。世界の多くの国で、いまや知識人が大工場の経営者として、参謀として、政治家や帝国建設者として活躍している。知識人というのは、みずからを教育を受けた少数者のひとりと感じている教養人という意味である。知識人を形づくるのは実際の知的優越性ではなく、知的エリート層に属しているという感情である。事実、知識人の主張する知的優越性が無効になればなるほど、彼は典型的な知識人となるのである。アジア、アフリカ、ラテン・アメリカでは、すべての学生、知的職業人の末端にいたる全員、そしてすべての事務官が国民の指導者たる資格をそなえていると感じている。イギリスや西ヨーロッパでは、知識人は社会を指導する生得権を主張する点ではさほど独断的ではないが、にもかかわらず、実際的な行動人、政治や実業における因習的な指導者より自分のほうがはるかに優越していると感じている。共産主義国ではインテリゲンツィアが支配階級を構成しているのである。

アメリカでは、教育を受けた者はつい最近まで、輪郭のはっきりした、見てすぐそれとわかるような知識人のタイプを生み出してはこなかった。この国にはこれまでタイプなどというものをぼかしてしまう要素があったのである。教育を受けた者と受けない者、富者と貧者、老人と青年、民間人と軍人の差は比較的少ない。あらゆる職業のアメリカ人がひとしく興味をもち、誰でもいっぱしの知識をもって語ることのできる話題——スポーツ（狩猟や釣りをふくむ）、車、小道具、食事、趣味、株式市場、政治——がいかに多いかは注目すべきである。逆説的なのは、外国人が観察したときこの国のあらゆるタイプの人間に驚くべき特異性を与えているのがまさにこの一様さだということだ。エドマンド・ウィルソンが数年前ロンドンに行ったとき、イギリスの知識人たちは自分の眼が信じられなかった。エドマンド・ウィルソンが実業家のようにみえたからだ。一九六三年にラテン・アメリカに派遣されたアメリカの港湾労働者の代表団は、彼らが本当に労働者であることをその地方の労働運動指導者たちに納得させることに困難を感じた。外国人の観察者には、アメリカの実業家は「高官、企業家、プロレタリアートがひとつになった」*階級のない人間にみえるのだ。

*リチャード・ヘルツ『岩上の人間』(チャペル・ヒル、ノース・カロライナ大学出版、一九四六年)二十八ページ。

アメリカの知識人はこれまでかならずしも現在のような存在ではなかった。十九世紀初期にニュー・イングランドの知識人が一般民衆についていっていたことを読むと、イギリスやフランスの植民地の役人が第二次大戦後に独立を求める声が起こったとき、現地人について「見ていろ、この野蛮人どもが事態をどれほど紛糾させるか」といったことを思い出さずにはいられない。

知識人と植民地の役人が似ているといっても、最初のうちはピンとこないだろう。われわれは植民地主義といえば軍人や実業家を連想するからだ。私がはじめて中世末期の北ヨーロッパにおけるイタリア・カソリック的ヒエラルキーに関する書物を読んだとき、それが植民地統治にいかにも似ているので驚いたのをおぼえている。北方からは絶えず貢ぎ物が流れこみ、若いイタリア人にはすぐ金になる仕事があった。それは私にイギリスのインド統治の全盛期における両国の関係を想起させたのである。私は宗教改革を植民地革命と見たし、それが宗教的と同時に国家的な分離主義をはぐくんだのもきわめて当然なことと思われた。ルターは植民地の革命家だったのだ。「イタリア人から見るとわれわれドイツ人は豚なのだ。彼らは山師さながらにわれわれを搾取し、この国を骨の髄までしゃぶりつくしてしまう。ドイツよ、目覚めよ！」とルターは叫んだ。カソリック教会のヒエラルキーが知識人から成っていたことは知っていたが、私はそのときはそれが知識人による植民地主義の一例だとは思いいたらなかった。知識人と植民地主義とを結びつけることができなかったのだ。

眼の前に現存するものから学んだおかげで、われわれはよりよくわかるようになっている。われわれには、知識人による支配――共産主義国のインテリゲンツィア、新興国の土着知識人、ポルトガルの教授たち、いずれによる場合でも――が植民地統治に近づかざるをえないことがわかるのだ。これは国内で生じる植民地主義である。このことからあきらかになるのは、アジアやアフリカにおける解放運動は、国内の知識人によってはじめられ獲《か》ちとられても、その結果は民主的政府の樹立ではなく、ヨーロッパ人による植民地主義から同国人による植民地主義へと移動するにすぎないという事実である。どの国でも典型的な知識人は一般民衆は自由にも自治政府にも適していない、と確信している。パトリス・ルムンバが聖ルムンバになる前にアフリカの大衆について書いたことを読めば参考になる。コンゴの独立前に書かれた彼の著書『わが祖国コンゴ』で、ルムンバはベルギー人の支配者に対して、アフリカの知識人と結んでともにエリート層を形成しよう、と申し出たのである。大衆については、「すべての国におけると同様、責任あるエリート――白人およびアフリカ人のエリート――によって今後もひきつづき治められ、指導されることを望む無教育の大衆のためには、現状が維持されよう」と書いている。

知識人によって管理される経済とはどのようなものか。それは巨大なものである。大計画、大きな数字の統計、巨大な製鋼所、工場、ダム、発電所——空前の規模のものだ。知識人は人民のための衣食住の生産などといった散文的な事業にわずらわされるわけにはいかない。彼は終りからはじめ、後向きに仕事をすることを望んでいるのだ。彼は壮大なもの、不滅のもの、派手なものを熱望している。工場、ダムなどは実際的なものではあるが、知識人はそれを実利的目的の手段よりは権力と支配のシンボルとみなす。ソ連では史上最大の蒸気シャベルを建設しているが、国民はといえば、バケツも手押し車もないので、木の台に煉瓦としっくいを載せて四隅を四人でかついで運んでいるのが国中どこへ行っても見られるのだ。知識人の支配を彼らの威厳に対するあくなき情熱を考慮にいれずして理解することはほとんど不可能だろう。「人間の心は、光輝、豪華さ、自尊心、見せかけ、栄光、支配権を何でも必要とするのだ。おそらく、こうしたものを愛よりも、少なくともパンよりも必要とするのだ」と、D・H・ロレンスは書いている。知識人は歴史過程における経済の優先を唱えてはきたのだが、経済法則に対しては貴族的な侮蔑《ぶべつ》を示している。彼はみずから歴史をつくり、経済にはできるだけそのあとをついてこさせるように望んでいるのだ。スカルノ大統領のつぎの発言を聞くがいい。「われわれはいかにして偉大な国民となるのか。われわれはただ米とパンを必要とするだけか。国民は米とパンのみで生きるのではない。熱烈な精神をもつ国民は偉大な国民である。われわれの食物は精神なのだ」。

「文人」として説得の技術にたけているはずの知識人は、政治においてひとたび権力を握るとこの技術を発揮することを拒否する。彼は説得ではなくて命令がしたいのだ。われわれは今では、説得による政府というのは教養人よりはむしろ商人の発明であったことに気づいている。商人はふつう、権力の外観よりもその実質に関心を抱くものである。知識人は権力を所有するだけでなく、強力にみえたがる。議論し説得しなければならないなら、権力の所有など何の役に立とう。その上、知識人は相手のたんなる服従には満足しない。彼は最も効果的な説得によって得られるような熱意を歓呼にみちた反応を、強制によって獲得したいのだ。沈黙は破壊的である――まだ生まれていない叛逆の叫びをはらんでいるのだから。かくして、魂の強奪が知識人による政府の一特徴となったのである。エウリピデスは、「奴隷とは自分の思想を語ることができない者である」といったとき、事のすべてを知らなかったのだ。われわれは今では、沈黙を守ることを許されていない者は千倍も奴隷であることを知っている。

支配的知識階級に非常に多数の学校教師がいる、ということは意味ぶかいことだ。教える情熱は学ぶ情熱よりはるかに強力で根源的である。おそらく教える情熱は現代の革命運動を勃興せしめる決定的因子だったかもしれない。ソ連、アジア、新興アフリカを見るとき、一群の狂信的な学校教師たちが世界の半分を掌握してしまい、それを広大な教室に変えて幾百万のおびえた生徒たちを足元で縮みあがらせているようにみえることがままある。この前例のない全国民の幼児化こそ、知識人の権力掌握のもたらす最も致命的な結果のひとつなのである。それはある点で、世界の大半で急速な技術的近代化と同時に起こっている社会構造の原始がえり——部族主義、まじない師、カリスマ的指導者の復活——をひき起こしている。これら地上の天国の建設者たちは、「おおよそ幼児のごとくに神の国をうくる者ならずば、これに入ることあたわず」というイエスの言葉を悪夢にしてしまったのだ。そして、教師の最も奔放な夢、つまり彼が喋《しゃべ》るときは全世界が耳を傾けるという夢がかなえられるのは、この悪夢においてである。これらの教師たちのなんとお喋りなことか！　四時間におよぶ演説、六時間におよぶ演説――まさに教師の天国である。

国際事情においては、知識人の出現はむきだしの権力の崇拝を前面に押しだすこととなった。権力の座にある知識人にとって、自由主義、積極的な妥協性、道徳的配慮といったものは張り子の虎を意味し、張り子の虎を見ると彼はきわめて無謀な残忍さをそそられるのである。真実と「世論の法廷」に対するこれほどの侮蔑はかつてあったためしがない。権力者たる知識人は師団とか戦艦とか爆撃機、ミサイルのような単純な言語しか理解しないようである。彼は鉄の決意に対してはきわめて敏感な嗅覚をもっている。抑圧された者のためにいつでも喜んで命を捧げるという知識人がシニシズムと大嘘でできている信仰個条をつくり出すなどとは、五十年前には誰が夢みただろう。権力が他のどんなタイプの人間よりも理想主義的知識人を堕落させるなどとは、誰が思っただろう。

知識人の時代は驚異やパラドックスにみちている。たとえば、知識人が支配する社会では、その雰囲気は詩人や作家や芸術家が仕事をするには理想的であろう、と人は思いがちなものである。ところが現実にわれわれが見いだすのは、支配的知識人のヒエラルキーは創造的個人を妨害し、窒息させさえする傾向にある、ということである。このパラドックスの原因は、知識人が権力につくとき、采配をふるうのは彼らの中でも才能の乏しい者であるのがつねだということにある。真に創造的な人間は権力の奪取、行使、そしてなかんずくその保持に必要な気質を欠いているように思われる。もしヒトラーが偉大な画家か建築家の才能をもっていたら、レーニンやスターリンが偉大な理論家の素質をもっていたら、ナポレオンやムッソリーニが偉大な詩人か哲学者になる能力をそなえていたら、彼らは権力に対する満たされぬ飢えを育てなかったかもしれない。ところが、文学的あるいは芸術的偉大さを渇望しながら才能を欠いている人々の陥りやすい傾向のひとつは、他人の創造性に干渉することである。彼らは才能のある人間、すぐれた人間に対して自分の趣味やスタイルを押しつけることに醍醐《だいご》味《み》を味わう。歴史の大半を通じて創造的個人は、「文人」によってではなく読み書きの素養のある行動人によって支配される社会において最も才能を発揮することができた。ルネッサンス期のフィレンツェでは、帳簿に父なる神を借り手として記載することを夢みていた銀行家の老コジモは、信心の篤い者が聖人をうやまうのとおなじように才能を崇敬していた。彼は国では第一人者であり、財力と威信にかけては並ぶ者がいなかったが、学者、詩人、芸術家に対しては謙虚な弟子としてふるまっていたのである。

それでは、知識人が支配する社会では一般民衆はどうするのだろうか。

歴史全体を通じて、大衆は知識人を非常にこわい親方と考えてきたということはおぼえておいてよい。過去においては、知識人による支配は世俗の仕事をする者たちの服従、さらには隷属化と歩調を合わせていた。有識階級のバラモンと高級官吏が数千年にわたって最上層を占めていたインドと中国では、抑圧、飢餓、それに身を切るような貧困が大衆の運命であった。弱者がこれほど苛酷な扱いをうけた社会は他に類を見ない。古代ギリシアでは精神、肉体ともにすぐれた知識人の貴族階級が多数の奴隷を意のままにしていた。パレスチナでさえも、バビロン幽囚から帰還したのち、書記やその後継者であるパリサイ人が権力をとり、一般民衆は敬神にもふさわしくない人間のくずとみなされていたのである。ヨーロッパ中世では、事務官のヒエラルキーが一般民衆を隷従と迷信的な暗闇に沈むがままに放置していた。

知識人が最も基本的に相いれない相手は大衆なのだ、という印象はまぬがれがたい。文字の発明以来どの時代においても、知識人は一般人に対する嫌悪を言葉にしてきたのだ。しかし、そうと知りながらもわれわれには、現在の知識人の時代に大衆にふりかかってきた運命に抗するそなえができていなかったのである。ヨーロッパ、アジア、アフリカのいずれをとわず、支配的インテリゲンツィアは大衆を、意のままに実験し、加工し、捨てる原料として扱っている。シャルル・ペギー(9)はこのことを第一次大戦より前にすでにみぬいていた。知識人は人民を製造業者が製品を扱うのと同様に扱っている、彼らは人民の資本家なのだ、と彼はいった。しかし支配的知識人は自分自身を人民のチャンピオンでありスポークスマンであるとみなし、彼らの社会を「人民の民主政体」と呼ぶのである。

知識人は権力を得ると、人間に対する深い不信を嵩《こう》じさせる。彼らはたがいを信用しないが、最も深い不信は一般民衆に対するものである。ソ連、中国あるいはキューバの人民委員に、大衆は大衆自身に任せておけばうまくやって行くだろうといってやりでもしたら、彼はあからさまに嗤うだろう。彼は大衆というものは直しがたい怠け者で、とんまで、不正直である、と考えているのだ。だから彼らを始終見張っていて、がみがみいってやり、強制し、何かやらせようと思ったら鞭《むち》を鳴らさなければならないのだ。知識人が権力を握っているところはどこでも、管理職員と生産要員の比率はつねに最も高い。共産主義国では人口の半分が他の半分を管理するために起用されている。

　知識人は高賃金というものを信じていない。富裕は人心を腐敗させる、と彼は思っているのだ。彼は人民を汚れた金のためにではなく、聖なる大義のため、祖国のため、栄光や名誉や未来のために働かせたいのである。彼らをただ言葉のために働かせることによって気高くしてやりたいのである。人民に言葉のために働け、と勧誘する能力は、むろん前進しようとしている貧しい国にとってはきわめて重要なものだろう。しかし熱狂というものはさめやすく、遠い先の収穫には役だたない。遅かれ早かれ、知識人が支配する社会の労働者たちは働くことを拒絶するようになる。彼らは知識人が背を向けるやいなや、仕事をごまかし、馬鹿のふりをし、積み荷をくすねてしまう。彼らを牢屋に入れるぞと脅しても効きめはない。というのはこのような社会では牢屋の中の生活と外の生活の差違は、種類というよりは程度の問題だからである。そういうわけで、経済上の犯罪に対しても死刑を導入せねばならず、大衆が逃げないようにするには高い金網や煉瓦の壁を築かねばならなくなる。

知識人の大衆に対する態度と密接な関係にあるのは、彼のアメリカ嫌いである。まれに見る例外をのぞいては、外国の知識人はわれわれに近づいたほうが得策なばあいでさえ、アメリカにはどうにも我慢ならないのだ。数年前フランスで、フランソワ・モーリアックがスペルマン枢機卿《すうききよう》(10)と昼食のテーブルをともにしたことがあった。モーリアックはそのあいだずっと嫌悪感がこみあげてくるのを意識していた、といっている。「おそらくダライ・ラマのほうがまだ親近感を抱けただろう」と彼はいうのだ。これがごくカソリック的なフランス人の口からひとりのアメリカ人の枢機卿に関して語られたことなのだ。イギリスの知識人はこれまでも、英語を国語とするアメリカよりもフランスやドイツ、ロシア、さらにはインドのほうが居心地がよい、といってきたものである。

アメリカの影響が浸透するところでは、かならずそれは知識人の恐怖と敵意をかきたてる。アメリカの影響にはそれほどまでに外国の知識人を不快にしおびやかす何があるのだろうか。一国がアメリカ化しはじめるとき、そこでは何が起こるのだろうか。アメリカの文明は実業《ビジネス》文明だということをあまり頻繁に聞かされているので、アメリカの影響といえばまず外国のビジネスマンにおよぼす効果という点にそれがあらわれることをわれわれは予期するだろう。ところが実際には、一国のアメリカ化とは、何にもましてその国の労働者階級の非プロレタリア化——労働者の気骨をかため、彼の欲望を鋭くすること——を意味するのだ。彼は自分が他の誰にも劣らないことを信じはじめるばかりでなく、皆と同じような生活をし、皆と同じようになりたいと思いはじめる。いいかえれば、ある国のアメリカ化とは、そこに無階級的様相、つまり平等を暗示する一様性を与える、ということにひとしい。外国の知識人が恐れ、激昂《げきこう》するのはまさにこの点なのである。彼は貴族的雰囲気の喪失を個人的に受けた傷のように感じる。猫も杓子《しやくし》も自分を他の人間と同等であると考え、尊敬し崇拝する能力が萎縮するような世界は、単調で刺激のない世界なのだ。知識人にとってこれは真に「神なき」世界であり、これこそ彼が痛罵する「卑俗」さであり「低級化」なのである。

不滅のものを実際的な方法で、言葉の祝福も受けずになし遂げるわれわれの能力ほど、観念的な知識人を不快にするものはない。考えてもみよ。われわれの未曾有《みぞう》の生産能力、豊かさ、自由、平等は、けっして至高のイデオロギーや絶対的真理やプロメテウス的苦闘の産物ではない。摩天楼《まてんろう》、大工場、ダム、発電所、ドック、鉄道、ハイウェイ、空港、公園、農場は、主として利潤をあげるというまったく卑小な動機から生まれてくるのである。外国人の眼にはアメリカの偉業も不当にみえ、それからは啓発もされないし、鼓舞されることもない。インドのある知識人は、アメリカはその業績をすべて偶然に手にいれたのだから、世界には何も教えるところがない、と主張した。

同じく彼らに腹だたしいのは、今日までアメリカはその複雑な経済と政府機関を典型的知識人の手を借りずに運営してきたのであり、またアメリカの影響が浸透するところではきまって、知識人の功労がどういうわけか不可欠のものではなくなる、という事実である。ある南アメリカの会社の業務を是正するためにアメリカの経営コンサルタント会社が招かれたとき、まっさきにしたことは事務員の三分の二の解雇であった。彼らの大半は大学卒であり、手仕事をするくらいなら飢え死にするほうがましだという連中だったのだ。

知識人のアメリカに対する敵意は昨日今日にはじまったものではない。ハイネはこの国を「自由の牢獄」と形容し、われわれの平等のうちにいかなる専制主義よりも息のつまりそうな圧制を見た。カーライルをはじめ十九世紀イギリスの知識人一族はわれわれの平凡さにぞっとし、われわれの物質主義に驚きあきれた。ルナンはわれわれの民主主義の最終的産物を、「俗衆の下等な欲望を満足させることだけが目的の低級な大衆」とみなした。[*] フロイトは「私はアメリカが嫌いではないが、残念だと思っている。コロンブスがアメリカを発見したことを残念に思う」と不平をのべた。『アメリカ論』のなかでジャック・マリタン[11]は、外国の知識人が一般民衆に対する恐怖と憎悪から、平凡人の大陸は「機械と生ける屍だけが住む巨大な死の大陸」であるとか、「宇宙のあらゆる生命力と創造的本能を吸いつくして、それをもって死せる物体と一群のオートマティックな食屍鬼を平均化する力を養うことにのみ専心する」世界である、などとたがいにいいあっている様子を生き生きした言葉で語っている。

＊ソール・ベローが余剰は「われわれを価値体系なきままに放置し」、アメリカを「豚の天国」にしてしまったといったとき、ルナンの口調をまねたのである。

というわけで、現代の主役はアメリカとソ連でもなく、アメリカと中国でもソ連と中国でもなく、アメリカと知識人なのである。アメリカがやがてヨーロッパの知識人による政府となんとか折り合って行きそうな徴候はあるが、アジア、アフリカ、ラテン・アメリカの支配的知識人と暫定協定を結ぶ見とおしは明るくない。アジアに駐在しているあるアメリカの外交官から最近受けとった手紙にはこうあった。「世界のこの地域で六年以上の教育を受けた者が誰でも示す米国に対する露骨な悪意に満ちた憎悪のはげしさにはいつも驚かされています。奇妙なことに、貧しく無学な大衆はいまなお米国に好意を寄せてくれていますが、それもつぎの世代には確実に消えてしまうでしょう……発展途上国の知識人の敵意を恒常的要素と認めることによって、われわれは世論をかちとろうとして費すコストのかさむ努力を回避することができ、また彼らがすでに知っていること――つまりわれわれはこのような社会では生来宿命的に破壊的な力であること、われわれ自身の安全は権力をエリート階級の指導者ではなく、大衆および真の大衆指導者に引き渡すことに存すること――を冷静に認識することができるでしょう」。

時代は知識人に有利に動いているようにみえる。オートメーションの普及にともない、知識人はどこでも最上層を占めるようになり、一般民衆は無用の長物となってしまうだろう。ドストエフスキーの『悪霊』では、軽薄な知識人がこの問題について口角泡をとばしている。「私はといえば、人類の十分の九をどうしたらいいかわからなかったら、連中を楽園にいれてやるかわりに、つみ上げて空中に吹きとばしてやるさ。科学的原理にもとづいて今後も末長く幸福に暮すひとにぎりの教育ある人々だけを残すことにしよう」。この種のことはわれわれにはけっして起こらない、と私は確信している。それでもなお問題は残る。一般民衆は知識人政治の暴政に対し、いかにして自衛しうるのだろうか。奇妙なことだが、その答えは、容易ではないにしても比較的単純である。貴族政治や金権政治の暴政が万民を貴族や資本家にすることによって最も効果的に抑制できるように、知識人政治の暴政も万民を知識人にすることによって中和することができる。これが大学としての社会、つまりバークレー流の「自由言論運動」がいかなる方面からの暴政に対しても手ごわい敵手として活躍する社会を意味することはいうまでもない。

「偉大な社会」の中心問題がその人間資源の認識と開発でなければならぬ以上、たとえそんな種類の暴政に対しても防衛する必要がなくとも、「偉大な社会」はみずからを学校に変える必要があるかもしれない。だが、学校としての社会——幾多の小学校区に分割され、各区がその天然・人間資源を実現する義務をもつような国——を思い描こうとするうちに、われわれは学校としての社会よりは遊び場としての社会をもつだろうという快い驚きを見いだす。完全にオートメ化した経済は、個人からはほんのしるしばかりの努力を要求するだけで、彼に子供の遊ぶ自由を返してやることになろう。各学校区における、さまざまな興味や探求物をもつ比較的少数の人々は、たがいに知りあい、学び、教えあい、競いあい、刺激しあう時間と意欲をもつだろう。学ぶことと生きることのあいだには境界線がなくなる。すべて教師が教室で教えうることは、われわれが遊び場でたがいに教えあうことにくらべれば無にひとしい。「人間は学校をつくり、神は遊び場をつくった」と、ウォルター・バジョット[12]がいっている。

V　自然の回復

大人になってからというもの、私は、自然がいかにわれわれを助け導くか、いかに厳しい母のように人間を突いたり押したりして彼女の賢明な意図を実現しようとするかなどと聞かされるたびに反撥をおぼえてきた。十八歳の時以来の移動労働者として、私は自然を意地の悪いもの、無愛想なものと知っていたのである。休もうとして土の上に身体をのばすと、自然はそのかたい指の関節を私の脇腹に押しつけてきたし、私を立ちのかせるために虫やいがやえのころぐさをつかわしもした。砂金鉱夫をしていたときは、細流《クリーク》へ出る道をみつけるために道路を外れるたびに、ひかげのかずら、こけもも、うるしの総攻撃にあわされた。自然とじかに触れあうということは、ほとんどいつもすり傷、咬み傷、やぶれた服、それに身体の穴という穴に食いこんでくる汚れを意味したのである。生を耐えうるものにするために、私は自分と自然とのあいだに防禦膜《ぼうぎょまく》を張らねばならなかった。舗装《ほそう》道路に出ると、たとえ人里から何マイル遠ざかろうと、家に帰ったような気がしたものである。どこへ行くともなにを乗せるとも気にしない、曲りくねったはてしない道路に私は親近感を抱いた。

私が読んだ本のほとんどすべてが崇敬の念をこめて自然を語っていた。自然は純粋で、無垢で、清浄で、健康によく、恵みぶかく、高尚な思想や気高い感情の源泉であるというのだ。作家は誰もが、「自然の申し子」であるようにみえた。こういう人たちは世俗の仕事に参与していないのだ、だから自然を身近に知らないのだろう、と私は臆測した。彼らにはなにか不満があるようにも思われた。というのは、彼らの自然讃美には人間および人間のつくったものに対する嫌悪が結びついていたからだ。彼らにとって、人間は侵害者、冒瀆者、改悪者であった。

自然に関する真理を私は新聞に、ほとんど毎日のようになされる洪水、たつ巻、吹雪、ハリケーン、台風、降ひょう、砂嵐、地震、なだれ、噴火、浸水、ペスト、疫病、飢饉などの報道に見いだした。自然のおそるべき襲撃や罪なき人々に加えられる殺戮《さつりく》について読むときなど、われわれは貪婪《どんらん》で情容赦もない力にとりまかれ、大地は怒りにみち、空は怒りで黝《あおぐろ》んでおり、人間は敵意のある非人間的宇宙からの避難所として都市を建設したのだと思えてくることがある。人間と自然の競争が宇宙の中心的ドラマだったのだ、と私は悟った。

人間は自然に助けられてではなく、自然にさからって今日のようになったのだ。人間化とは自然からの離反、自然を支配する厳しい必然性の下からの脱出を意味したのである。そうしてみると、非人間化とは自然による人間の馴致《じゅんち》ということになる。それは自然の回復を意味するのである。人間化が人間は未完成で欠陥のある動物だという事実からはじまったということは意味深長である。自然は最初から人間をけちくさく扱ったのであった。自然は人間を裸で無力の状態で、生まれつきの技倆もなく、武器や道具として人間に役だつ特殊化した器官もなしにこの世に生み出したのである。他の動物とは異なり、人間はつくりつけの道具一式をそなえた生まれながらの技術家《テクニシャン》ではなかったのだ。人間が数千年ものあいだ、動物、すなわち自然が人間よりも可愛がっている子供を拝していたのもさして驚くにたらない。しかし、この生まれそこないの生きものは自分を地球の王者にしてしまった。彼は自分に欠けている本能や特殊な器官のすぐれた代用品を進化させ、自分自身を世界に適応させるよりはむしろ世界を自分に合うように変えてきたのである。これは、たしかに、最高級の奇跡である。もし歴史に意味があるとすれば、それは人間化の歴史、幾時代にもわたる人間の苦難にみちた上昇の歴史、他の創造物から離反し、特別な種族になろうとする不断の努力の歴史でなければならない。

人間はみずからを完成することによって人間的になった。だが、彼の人間らしさは決して完成した、最終的なものではない。人間は未完成の動物であるのみならず、未完成の人間でもあるのだ。彼の人間的独自性というのは、彼が成就し保持せねばならぬ何ものかである。自然はつねにわれわれの周囲、われわれの内部にあって、しようと思えばいつでもわれわれを矯正し、人間が加工し、成就してきたものすべてを一掃できるのだ。人間の生の主要な目的は、いまなお人間になり人間でありつづけること、そして自然の侵害から人間の業績のかずかずを守ることである。自然はわれわれが生まれたとき、ほぼ完全にわれわれを掌握している。子供は育てられ、人間にされねばならない。そしてこれが完了するかしないかのうちに、危機は訪れる。子供から大人への移行がそれであり、その移行のただ中で自然は自己を再確認するのである。青年の人間らしさなどはあてにならぬものである。彼は大人に生まれ変り、ふたたび人間化されねばならない。事実、生活の一様式から他の様式へのドラスティックな変化は、どのばあいでも精神の最上層部を破壊し、より人間的でない諸層をあらわにするようなひずみをともなうのである。そこで、ドラスティックな変化の時代はその変化が前進であるばあいでさえ、野蛮化の時代であるということができる。各世代はそれぞれみずからを人間化しなければならないのだ。

自然との争いには、われわれがすぐに全体主義的戦争を連想するようなあの洗練された策略がある。スパイ行為、破壊、それに弱点のたえざる探索など。人間が自然を征服するのに自然の力を利用するように、自然もまた人間を、その同胞を非人間化するのに利用している。そして自然の第五部隊（自然への内通者）が最も戦果をあげるのは都市においてなのである。都市の誕生は人間の自然からの離反における決定的な一歩であった。都市は人間を非人間的な宇宙からばかりでなく、部族、種族その他原始的な組織形態から切り離したのである。多かれ少なかれ自律的な個人の住む自治的な都市は、これまで自由、芸術、文学、科学、技術の揺籃《ゆりかご》であった。しかし、われわれをとりまく自然に対する要塞である都市は、われわれの内部にある自然、欲望や恐怖に、そして心の深層にひそんでいる自然からわれわれを守ることはできない。人間の欲望や恐怖が思うままに活躍し、非人間化が疫病のように蔓延するのは都市においてである。とりわけ権力への欲望はそれ自身が反人間的であることを示したのである。われわれが権力を満喫するのは、山を動かしたり川の流れの方向を左右したりするときではなく、人間を物体、ロボット、傀儡《くぐつ》、自動人形、あるいは本物の動物に変えることができるときなのだ。権力とは非人間化する力であって、この権力欲が働きかける対象を見いだすのは都市においてである。どんな個人よりも、大衆化した人間を非人間化するほうが容易なのだ。かくして都市はこれまで、人間をその生まれきたった自然の母胎へと押しもどすほうに向かうすべての運動や発展の飼育場なのであった。

自然とのたたかいの重大な特徴はその循環性である。勝利と敗北はたがいに浸透しあう。人間がまさにその究極の目的に手が届きそうにみえるとき、彼は自分がわなにかけられているのを発見することがあるのだ。わなや落し穴はいたるところに仕掛けてあり、自然は思いもよらぬ方角から打ちかえしてくる。ごく最近の例は原子の核分裂である。人間は自然の金庫を破壊したが、実は病気や悲歎や悪鬼の入ったパンドラの箱を壊して、全滅をもたらす有毒なきのこ雲を放ってしまったことに気づいたのである。

産業革命が自然に対する人間の全面的勝利の夢をかなえたようにみえ、人工の世界が地球全域をおおいつくすという展望が今にも現実になりそうにみえた十九世紀の空想的な光景を思い浮かべてみよう。人間は自分の第二の創造をオートメ化しうるほど発明力があるわけではないし、彼の機械は思考や意志というギヤやフィラメントを欠いた半機械にすぎない、という決定的な事実は、大量非人間化の作用を生ぜしめ、それは機械の時代を悪夢に変えてしまったのである。人間は発明力の足りない部分を穴埋めするものとして使用されねばならなかった。男や女や子供たちが鉄や蒸気と一緒にされた。機械は人間を石炭とおなじ速さで消費していた。まるで自然が機械の金属内にしみこんで、人間がつくった世界を堕落させたかのようである。工場、大衆軍《マス・アーミイ》、大衆運動が結合して人々からその人間としての独自性を奪い去り、彼らを同質の柔順な大衆へと変えてしまった。大衆運動の指導者であるレーニンは、工場という「厳しい訓練所」が人々を全体主義的独裁にそなえさせていることに気づいていた。大衆軍は人々に従順と大衆行動とをたたきこんだ。同時に、レーニンの革命は農民を工場労働者と軍人に変えることを主要な課題とみなしていた。こうして工場経営者と将官と革命家は提携したのだ。しかも彼らだけではない。カーライルの非情な力の讃美、ゴビノーの人種理論、マルクスの経済決定論と階級闘争の理論、ダーウィンおよびパヴロフの動物学的社会学、ワグナーの音楽の闇の力、ニーチェの超人崇拝、そしてフロイトの人間精神のより人間的でない構成要素の強調は、すべて人間と自然とを再統合しようとする盲目的努力の一部である。スターリンやヒトラーによって行なわれた念のいった非人間化は、すでに数十年にわたって進行していたものの強化、促進化だった。二十世紀になって行なわれた極悪非道のうち、十九世紀の何人かの高貴な「文人」によって予見されあるいは唱道までされていなかったものはほとんどない。科学の万能主義とロマン主義的自然復帰運動といったように一見あきらかに相反するものでさえ、実際には同じ方向——人間と自然との対等化を助け、人間の非人間化に協力するという——に進んでいた。前進した者と過去へ舞いもどった者とは同時に二十世紀の死の収容所の門に到達したのである。

人間の自然との戦争の最も奇妙な特徴のひとつは、それが宣戦布告されていないということである。戦闘の最前線にいる者は、概して自分が戦争をしていることに気づかないものだ。彼らはふつう利益や派手な行動に対する欲求に動かされているのである。兄弟争いをやめてその全エネルギーを非人間的宇宙との巨大なたたかいに投ぜよ、と全人類に告げる戦闘らっぱの音はまだ聞かれない。人間と自然のあいだの永遠の反目をあからさまに表現した言葉は、五指に満たないくらいである。思いつくものといえば、ハーディの「人間は自然が終ったところからはじまる。自然と人間は決して仲良くできない」という言葉だけである。ソローは自然を擁護したが、「人間と自然の双方に深い共感を寄せることはできない」と悟り、「私は自然を愛するが、それは自然が人間なのではなくて人間からの後退だからである」と認めた。トマス・ハクスリーは晩年になって、人間の上昇はその下降とははっきり異なるものであることを悟った。一八九三年、ロマニーズ講演(13)において、彼はつぎのように警告している。「諸社会の道徳的発達は宇宙の進行過程をいかに模倣するか、にかかっているのではない、ましてやそこからの逃避にかかっているのでもなく、まさにそれとのたたかいにかかっているのだということを、ここではっきりと理解しようではないか」。

いくつかの神話には人間の自然に対する最初の抵抗が反映されている。バビロンの神、マルドゥクは竜のティアマスを殺し、その死体から農耕地を創造した。プロメテウスは神々から火を盗んで、人間にその身体的能力の貧しさを補うために与えた。しかし、概して神話によって伝えられる印象は、人間と自然の緊密な関係、しかも自然がつねに優位にあって人間がその慈悲を乞いなだめねばならないような関係、といったものである。人間と他の形態の生物とのあいだの類似のトーテミズム的仮定には、ダーウィン的モチーフがある。呪術の全構造は人間と自然の同一性を基盤にしている。科学者も未開人もともに人間と自然が一体であることを自明の理としている。両者のちがいは、未開人が人間性にたしかな影響を及ぼすことがわかっている手段によって自然を動かそうと試みるのに対して、科学者は物質や他の形態の生物を扱うのと同じ方法で人間性をも扱うことを望んでいる、ということである。つまり、科学者は、《人間性＝自然》という等式を左から右へ読み、未開人はそれを右から左へ読むのだ。しかし、ダーウィンもまた激烈な資本主義的競争を自然の経済のように解したとき、この等式を右から左へ読んだのである。

他の分野でもそうだが、この点においても古代ヘブライ人の独自性は驚くほど印象的である。人間と自然との截然とした分離を宣言したのは彼らが最初だった。一神教は民族的自尊心——唯一なる神の唯一なる民になりたいという願望——から生まれたのではあるが、それは自然の格下げをもともなったのである。唯一神は人間と自然の両者を創造したが、それでも人間を神の姿に似せて創り、彼を地上における神の代理人に任命したのだ。エホヴァが人間にくだした神命(『創世紀』第一章)に曖昧なところはない。ずばり、「生めよ殖《ふ》やせよ地を支配せよ」である。自然はその聖性をうしなった。太陽、星、空、大地、山、川、植物、動物はもはや神秘的な力の宿るところでも、人間の運命を左右する者でもない。人間は糧《かて》を求めて大地と格闘しなければならなかったとはいえ、あくまでも主人である男性アダムなのであり、大地は敗北し服従させられる女性アダマなのである。旧約聖書の作者たちが種族の父として選んだのは、ソローの描く理想人のように、野原や花咲く牧草地の匂いのする着物をまとった自然児エサウではなく、その双生児の弟ヤコブ、すなわちあまりにも人間的な不安や奸計《かんけい》に満ち、広大な戸外よりもテントの中を、樹木や野原の匂いよりもひら豆のスープの匂いを好む男であった。

自然を格下げしても、そのために古代ヘブライ人が自然の強大な調教者になることがなかったことはたしかである。とはいえ、彼らが弱い少数者として何世紀もの迫害に耐えつづけたことは、自然へのおおいなる挑戦、つまり強者が生きのびて他の生物を支配するという法則の無視を意味している。その上、強大なエホヴァは近代西洋の科学技術文明の勃興に一役演じさえしたのである。近代西洋の誕生時に活躍した科学者や工学者が神をどれほど意識していたかは、われわれには想像しがたい。彼らにとってエホヴァは、世界を創造し運行させた至高の数学者であり、技術家だった。自然の神秘を解くことは神のテキストを解読し、神の思想をあとづけることにほかならなかった。ケプラーが惑星の運動法則を公式化したとき、神は自分の最初の読者を六千年間待たねばならなかったのだと自慢した。これら初期の科学者や技術家たちは神に親近感を抱いていた。彼らは神を畏れはしたが、自分たちは神の門下生であると感じ、知ってか知らずか神のようになることを切望していたのである。他の文明が創意と技倆がありながら機械の時代を発展させえなかった理由のひとつはおそらく、彼らが模倣し競いあうことのできる全能の技師である神をもたなかったことであろう。

自然に対する最初の大々的な攻撃は、まだ文字のなかった石器時代におこなわれた。だからそれは記録にも歌にも残されていない。だがはたして記録者がいたとしても、それでどうなるということがあっただろうか、「文人」がいたとして、目の前で起こっていることの意味を自覚しただろうか、ましてや感動して熱弁をふるったり歌ったりすることなどあっただろうか。そう疑うのも無理からぬことである。というのは、第二の大攻撃が十九世紀になされたとき、「文人」たちは戦闘に加わるどころか、彼らの多くが自然の側について人間に対立したのである。産業革命が自然に対する全面勝利のための武器を鋳造していたちょうどその時、科学者、詩人、哲学者、歴史家たちが神秘的な衝動にかられて、人間の卑小さとみずからの運命を形づくる力の無さとを声をそろえて標榜しはじめたのだ。人間は「自分を物質や低次の形態の生物につなぎとめる紐帯《ちゆうたい》を断とうと努力してもむだである」と、ハクスレーは一八六〇年に宣告している。われわれは人類のうちで最も才能のある者が、プロメテウス的苦闘の先鋒に立つ代りに、戦列から脱して、神の創造物を馴致し支配してかかろうとする騒がしい大多数の人間たちを嘲笑《ちようしよう》しているのを見いだすのである。

知識人は自分たちが歴史の新しいつくり手であるという確信に意気軒昂《いきけんこう》として十九世紀に足を踏みいれた。彼らの言葉はフランス革命という大地をゆるがす事件をひき起こしたではないか。コールリッジは、この世界の最も重要な変化の源は政治家の閣議室にも、実業家の見識にもなく、「理論家の書斎と孤独な散歩」にある、と高言した。ハイネはそれ以上に大胆にいっている。「汝らおごれる行動家たちよ、このことを知っておくがよい。汝らは、しばしばつつましくひきこもったまま、汝らに避けられぬ仕事を命じてきた思想家たちの、自動的な道具にすぎぬのだ」。十九世紀の最初の数十年には、教育を受けた者の中にさえ、産業革命が彼らの肩にのしかかっていることを知る者はほとんどいなかった。知識人はどこでもふんぞり返って歩きまわり、気どったポーズをとり、美辞麗句を弄《ろう》し、誰もが自分を運命の寵児《ちょうじ》であると思いこんでいた。ところがある朝、彼らが目覚めると、権力は彼らの中産階級の親類たち、教養の低い兄弟、叔父、姻戚たちの掌中に落ちていた。これらの連中は手にしうるものすべてを自分のものにしたばかりか、社会全体に自分の価値観と趣味を押しつけることを望みさえしたのである。十九世紀を支配するようになった中産階級に対する反撥は、知識人を機械の時代から疎外してしまった。作家、詩人、芸術家、哲学者、学者は、がめつく根性いやしく汗水ながして押しまくる勤勉な、あえて神と張りあおうとする俗物どもに冷笑を浴びせかけたのである。「蒸気機関は神を否定するものだ」と、ボードレールは叫んだ。フローベールは、雑草が廃屋と化した建物にはびこっている光景を見たときの喜びを、「この自然の抱擁は、人間が防禦の手を引いた途端にすみやかにやってきて人間の労作を埋めてしまう」と描写している。また、軽蔑の的である中産階級によってつくられた歴史に直面することへの拒否は、十九世紀の間に学問のある者が歴史のつくり手としての人間を格下げしようとする傾向にどれほど貢献しただろうか。

一世紀以上も前にはじまった知識人と中産階級の冷戦は、二十世紀にはいよいよ拡大し、最近ではどうやら知識人に勝ち目が出てきたようである。世界の多くの地で、知識人は今まさに支配者、立法者、警察官、軍事指導者、大企業家として舞台の中央に立っている。二十世紀最大の驚異のひとつは、教育のある者が権力をとったときに生じた。ガンジーはかつて、最も心配なのは「教育ある者の心のかたさ」であるといったが、教育というものはひとの心を陶冶《とうや》するよりはむしろしばしばいっそう野蛮化してしまうという事実は衝撃的だ。自然はその第五部隊を教育を受けた人間の精神や心に配置するほうを好む、ということをわれわれは発見した。しかし、ヒトラーとナチズムを生むには「哲学好きの国民性」が必要であり、スターリン治下のソ連では教授、作家、芸術家、科学者は甘やかされ大事にされた貴族階級だったという事実をなお理解しなければならない。これらの特権的知識人は世界が経験した最も残忍な専制の内幕をけっしてのぞかせなかったのである。スターリン崇拝は知識人のしわざであった。*

*スターリンは知識人を粛清しもした。知識人が団結して権力を獲得すると、ついにはたがいに縛り首にすることで終ることが多いという事実は、「残忍な教授たち」の無限の凶暴性を裏書きするものである。

一国の経済が知識人の手で管理されるようになったとき、いかに彼らが機械崇拝に陥るか、そしていかに自然に彼らが人間を安価で万能な原料として扱いはじめるか、は驚くほどである。彼らは人間の肉と骨を製鋼所、ダム、発電所などに加工してしまったのであり、しかもそれはすべて崇高な理想の名においてなされたのだ。二十世紀が理想主義者の世紀であることを認識するには努力が要る。実際的な人間がこれほど大量に権力の座からあふれ出、理想主義者たちがそのあとを襲ったことは他のどの世紀にもなかった。理想、夢、ヴィジョンを実現しようとする試みがこれほど強力だったことは他のどの世紀にもなかった。われわれの世紀が見てきた前例のない非人間化は、理想主義者たちが考えだし設計したのである。

知識人が支配する社会は、動物園に似る傾向がある。通常彼らを囲っている柵や壁は、外部からの侵入を防ぐためではなく、動物を逃がさないようにするためにあるのだ。このような社会にあっては、自然の復活は支配者の人民に対する態度ばかりではなく、被支配者の政府に対する態度にもあらわれる。たとえば共産主義国では、人民は政府を自然の力とみなし、彼らを襲う災難を天災とみなす傾向にある。人は自然の災厄に対しては抗議したり反乱を企てたりしないものだし、自然の力に打ちのめされても屈辱を感じないものである。海がしぶきを吹きかけようと、風が膝を曲げることを強制しようと、人は屈辱を感じない。局外者が見ても、このような社会にはなにかおそろしいほど非人間的なものがある。どんな子供でもソ連や中国の非人間的強大さを知っている。ところが、アメリカが何をなしうるかについてリアリスティックな把握といったようなものを得るには、例外的な鋭敏さ、ほとんど第六感に近いものを必要とするのだ。

なぜ権力は他のタイプの人間以上に知識人を腐敗させるのだろうか。その理由のひとつは、教育が個々人を人間性の改革と刷新の仕事にそなえさせ、魂の操縦者、そして望ましい人間的属性の製造者として行動すべく用意させるからだと推測することができる。このため、権力が行動の自由を与えたとき、知識人は人間性を型にはめ加工することのできる材料と同様に扱ってしまいやすいのである。彼は人間本性の予測困難さと扱いにくさによって計画を妨げられることのないよう、事をはこぶ。権力をにぎった知識人における反人間性は、たんに彼の非人間性の一機能にとどまらない。なるほど知識人のエリートは他のどのエリートよりも人類や国家への奉仕を誓っている。が、人間を天使に変えることを望む救済者は、人間を奴隷や動物に変えようと望む人非人に劣らず、人間の本性を憎むことになるのだ。人間は現在あるものとはまったく異なる存在に加工される前に、まず非人間化され、物体に変えられねばならない。理想主義的改革者が人間存在を機械的・非生命的なものとして考えているのは皮肉である。彼は人間をばらばらにしたりつなぎ合わせたりすることのできるものとみなし、個人や社会の革新をひとつの製造過程とみなしているのだ。ロバート・オーウェンは彼の意図する改革を説明するのに製造業者の語彙を用いたが、それは彼が製造業者だったからではなく、むしろ改革者だったからである。彼は新しい社会体制のことを、「幸福をより多く生産することを容易ならしめる」ところの「新機構」と語った。

権力による知識人の腐敗のもうひとつの源泉は、いかに強力になろうとも彼は依然として弱者という武器を利用しつづけるという点にある。ヒトラー、スターリン、毛沢東などが、権力の頂点にあってさえ、自分自身が「一団の貧しい人々」の指導者、抑圧された民族か迫害された少数者の指導者ででもあるかのような言動をしがちなのは興味ぶかい。弱者が生存することを可能にする絶対的信仰や一枚岩の統一は、強者が掌握している比類なき強制手段である。

最後に権力の座にある知識人は慢性的に恐怖しており、この点に彼らの権力による腐敗の第三の原因がある。なぜならば、知識人は自分が恐れているものはなにかをみずから認めることができないからである。自分の恐怖の原因を知っているとき、われわれはただひとつのことを恐れるだけですむが、真実に直面することができなければ、恐怖は全般におよぶのである。知識人の支配層《エリート》は主として自国の人民を恐れており、しかもそれを認めることができない。そこで彼らは世界全体を恐れるようになるのだ。そして権力が大きな恐怖と裏腹になっているとき、それは敵意に満ちたものとなるのである。

すでに見てきたように、自然との戦争はわれわれの周囲と内部の双方で進行する。しかしわれわれには、一方の前線で起こっていることが他方にどのような影響を及ぼすかは正確にはわからない。現在までのところ、われわれをとりまく自然に対する制御力の増大がそのまま自動的にわれわれの人間らしさを強化するようなことはなかった。それどころか、急速な工業化による自然の馴致は、世界の多くの地域で程度の差こそあれ、社会の野蛮化をひき起こしたのである。少数の思慮ぶかい人々が、これ以上の自然支配を求めることははたして賢明であろうかと懐疑してきたし、ようやくすでにわれわれが掌握している巨大な力の濫用を防止する手段が考えられるようにはなった。とはいえ、人間の上昇においてこれほど決定的であった自然の征服は、数十年先には人間化のきわめて効果的な媒介になりうるのだ――もしそれが攻撃的衝動や粗暴なエネルギーを社会的抗争から脇へそらすことができさえすれば。今から十年後にはこの国の人口の六十パーセントが十八歳以下になる、といわれている。黒人の人口はすでに半分以上が青少年であり、同じことがラテン・アメリカ、アジア、アフリカについていえる。全世界的に青少年が人口の大半を占めるということは、誰にとっても面倒な結果になることを意味する。青少年にとっては自分の国がよい国であることはけっしてなく、平時でさえも新しい世代が少年期から成年期へと移行するたびにあらゆる社会が危機にさらされるのである。敵は門の内側にいるのだ。青年に関して厄介なことは、彼がまだ大人ではないということではなく、彼がもはや子供ではないということである。子供がもっている驚異を感じる能力、何であれ自分のすることにすっかり没頭する能力、そして技能を修得したいという渇望を、彼はすでに喪ってしまっている。青年の自意識が彼から真正さを奪う一方、自己劇化の傾向が彼に過激派のポーズやジェスチャーをとらせる。アイデンティティを模索する不安の中で、彼はどんな大衆運動にでも参加しようとし、どんな形の派手な行動にでも身を投じようとする。彼の人間らしさなどは不確かなものでたやすく抜けおちてしまう。ボルシェヴィキもファシストも、殺戮という汚れた仕事をするのに青年を利用したのだ。

私が受ける感じでは、何十億といる青年の人間化は、地球全体を支配し馴致しようとする一致協力した企てによって促進されるだろう。人類が今世紀の残りの年月を、地球の表面を清掃し、小ぎれいにし――ジャングルをはらい、砂漠や沼沢を耕地に変え、不毛の山地を段畑にし、川の流れを規制し、あらゆる疫病を根絶し、天候を調節し――陸塊《りっかい》全体を人間の居住に適した地にするための全面的な努力に費すのを、ひとは見たいのだ。地球は自然のではなくわれわれのすみかとなるべきで、われわれはもはや自然の客分であってはならないのだ。百年前に、アルフレッド・ラッセル・ウォレス(14)は、いつかは「人間の選択が自然の選択にとってかわり、実に長い年月のあいだ全地球上に君臨したあの自然の力の行使される領域が大洋だけになってしまう」ときがくることを想像していた。預言者イザヤもまた、ついに狼と小羊、牝豹と子やぎ、ライオンと仔牛が一緒に寝、小さな子供がひとりで彼らをひきいるようになる、というような完全な馴致が実現する終末を思い描いたのである。

自然との戦争には、ほとんど注目されていないが私にいつも感銘を与えてきたひとつの側面がある。私には、維持するという平凡な仕事にはなにかしら荘厳の気が漂っているように思われる。私はそれを時間に対する挑戦とみなしている。維持するよりは築くほうが容易なのだ。活気のない、衰弱した国民でさえ、なにか感動的なことを達成するためにしばらくのあいだ活気を帯びることがありうる。だが、二《に》六時中《ろくじちゅう》物事を良好な状態にたもつために費されるエネルギーは、真の活力をもったエネルギーである。第二次大戦の終りになって西ヨーロッパの国々が廃墟と化したとき、それらの国の持続の記録を調べれば、おそらくどの国が最もはやく復興するかを予言できただろう。同様に、三十あまりの新興国が誕生した今日のアフリカでも、維持の基礎を見れば今から五十年後にはそのうちどの国が残っているか、推測しうるだろう。

外国生まれの沖仲仕《おきなかし》や船乗りと話してみて、私は維持能力が西ヨーロッパ、スカンジナヴィア諸国、アングロ・サクソン世界、および日本の特異性である、という印象を得た。旅行者の報告がこの印象を裏づけてくれる。キンロス卿はトルコを旅行中に、トルコ人はすぐれた機械工ではあるが維持の才能をもたない、という印象を受けた。「事実、維持を意味する言葉は最近までトルコ語には存在しなかった」

と、彼は書いている。アンドレ・シーグフリード氏(15)は維持の過程を「本質的に西洋人に属するもの」とみなし、「西洋人の顕著な特徴はまさにこの点に求めねばならない」と考える。

奇妙なことに、文明の発祥の地アジアでは、自然からの離反と自然を窮地に追いこむ能力とは、西洋の若い文明とくらべてはるかに目だたない。アジア、アフリカ、ラテン・アメリカでは、人間のつくった世界は自然のねじれた軀《からだ》の上にあやうげに広がっているようにみえる。耕地の端や人間の居住地の周囲のいたるところで、自然は隙あらば押しいってきて、人間が自然の手からもぎとったものを奪いかえそうと待ちぶせているのだ。樹々が壁にひびをいれ、巨大な石塊を根こそぎ持ち上げ、かつて権勢を誇った都市をとり戻そうとしているのを見ることがある。オーストラリアでは、自然は犬を飼いならした人間から奪いかえし、ほとんど人間自身をも自然に戻しかねなかった。発展途上国の真の目覚めと近代化は、維持能力の進化なしにはほとんど考えられない、という気がする。

ジョルジュ・クレマンソーについてこんな話がある。彼が一九二一年に世界一周旅行をしたとき、ニューデリーで完成したばかりの巨大なベーカー・ルトイエン官庁ビルに案内された。彼は一言もいわず、建物を長いあいだ立ったままみつめていた。しまいに彼に同行していたイギリスの官吏が、これをどう思うか、とたずねた。クレマンソーは答えた、「これらがどんな廃墟になるだろうか、と考えていたのです」。よくあることだが、クレマンソーのふと口をついて出た言葉は人間の状況に鋭い光を投げかけている。アジアの中心に立って、クレマンソーは自分自身がまず第一に西洋人であることを感じ、大英帝国をイギリス的というより西洋的に見たのである。彼はまた、アジアにおける西洋の余命はもはやいくばくもなく、ひとたび西洋が手を引けば、アジアという竜が押しいってきて、西洋が築きこしらえたすべてのものにその黄ばんだ時間の歯でかみつき、廃墟の骨組しか残らなくなるまで食いつくすであろうことを知っていたのである。

Ⅵ　現在についての考察

間断のない変化の一世紀が過ぎたのちも、変化の道が平坦にも平易にもならなかったことは注目すべきことである。それどころか、われわれの世界は変化をこうむる人々にとってはますます住みにくくなっているようである。少年期から成年期への移行がこれほど苦痛にみち、これほど爆発をともなったことはかつてなかった。十九世紀には自然過程のようにみえた後進性から近代性への移行は、今や世界の大半を極端へと追いつめている。貧困から豊かさへ、隷従から自由へ、仕事からレジャーへの待望された変化は、社会の安定度を高めるどころか、社会の崩壊の危険をもたらしたのである。変化の先鞭をつける者たちの意図がいかに高邁《こうまい》で、努力がいかに誠意にみちたものであろうと、その結果はしばしば裏目に出る。社会についての化学はみごとに失敗してしまったのだ。どんな原料を蒸留器に入れようと、しばしばその最終的生産物は爆発性のものになってしまう。

われわれの時代の気質を特徴づけるおもな特性をあげるなら、それは気短さであろう。明日というのはうす汚れた言葉になってしまった。未来は現在になり、希望は欲望に変ってしまったのである。青年は、自分が国の内外の問題の処理に関して発言権をもつようになるのに、なぜ大人になるまで待たねばならないのか納得できない。途上国もまた、明日にはわれわれの昨日に追いつこうと熱望して、人類の先頭に立つ開拓者の役を演じたがっている。いたるところで国々が一挙に躍進しているのが見られる。順を追って成熟する暇はない。新興国は芽を出すか出さぬかのうちに花を咲かせ実を結びたがり、多くは人工の花や実でみずからを飾りたてたのである。

いたるところに自尊心へのあくことなき欲望がある。自尊心は魂を購《あがな》うことのできる唯一の通貨なのだ。途上国にあっては、自尊心を生みさえすれば事業は前進するのである。これらの国々は、働く気構えよりはたたかい死ぬ気構えを起こさせるほうが容易であり、可能なことよりは不可能なことを企て、小麦を収穫するよりはダムや製鋼所を建設し、始めからはじめるよりは終りからスタートして逆向きに仕事を進めるほうが容易であることを発見したのだ。与えることがこれほど急を要し、しかも与える行為がこれほど困難であったことは今までにない。自分の自尊心を守るには自分を助けてくれる者を罵らねばならないのだ。彼らを施しという植民地主義の実践のかどで非難せねばならないのだ。無作法が権力の、信念の、そして事業達成の代用物となってしまったのである。

躍進と疾走と喧騒のただ中で、はたしてわれわれの時代の重要なできごとは真実のものであるか、たんなる言葉の反響にすぎないのではないか、を見わけることは誰にもできなくなっている。新興国家はどれほど真実なのだろうか。西洋は本当に没落しつつあるのだろうか。それに、はたして世界は共産化されつつあるか、アメリカ化されつつあるか、誰に確実なところがわかるだろうか。

世界状況はあまりにうつろいやすく、われわれは自分の行動を事実に合わせることができない。現在というものがこれほど滅びやすかったためしはない。昨日起こったことはもう古代史に属するのだ。今日賢明な政治的手腕とは、何をすべきでないかを簡潔明瞭に知り、行動を偶然の即興にまかせることだといえるかもしれない。われわれの敵がみずから敗北するのを待つのが、そして昨日の友は今日の敵、今日の敵は明日の友として扱えというベーコンの忠告に耳をかすのが賢明かもしれないのである。

西洋の没落ということが半世紀以上ものあいだ公言されてきている。知識ある人々はいまだにヨーロッパは終りだ、アメリカは芯まで腐っている、そして未来はソ連、中国、インド、アフリカ、さらには中南米にあるのだ、といいつづけている。われわれはこれら未来の担い手から生の意味を学ぶ必要に迫られているというわけだ。しかし、もしどこかで個人の自由と人間の尊厳が真に育つようなことがあるとしたら、それは西洋からとられた切り枝から育つであろうことはあきらかになりつつある。西洋の諸共産党でさえ、彼らの歴史的役割は西洋の生活様式を変えることではなく、ソ連と中国における共産主義機関の人間性を奪う盲信にブレーキをかけることだ、ということがわかりはじめている。

実際は、アジアとアフリカの目覚めが西洋を神秘的なものにしてしまったということにすぎない。新興国がその人民に、われわれなら自然で自明であるとみなすようなことをさせるためにいかなる醜悪な術策に訴えるかを見るとき、われわれは西洋の自発的な進取の気性と規律正しさ、そしてその基本的な上品さがいかに先例のないものであるかに気づきはじめる。われわれの時代の神秘は、謎めいた東洋ではなく、風変りな西洋なのだ。

西洋は現在のところ熱烈な信仰も希望ももっていない。精神や心を燃え立たせてくれそうな画期的な計画の見とおしもない。異常なほどの幸福もなければありあまる苦悩もない。われわれはすでにありうるかぎりの発明を値下げしてしまい、大々的な仕事をたんなる日常茶飯事に格下げしてしまったのだ。われわれは前方に致命的な危険が迫っていることに気づいてはいるが、われわれの恐怖はまだ生命のリズムにまでは影響していない。西洋は室温で十分に機能しつづけている。

ところで、強力な信仰の欠如は結局社会にとって命とりとなる、そして歴史上もっとも決定的な変化は信念が弱まるか強まるかにかかっている、と主張する人々がいる。このことの真偽はともかくとして、信仰の弱まりは活力や精力の喪失によると同じ程度、権力、技能、経験の増大によるとあきらかにいうことができる。山を動かすのに必要な技能と装備のあるところでは、山をも動かす信仰は必要ではないのだ。信念の強化はかならずしも活力の徴候ではなく、信念の衰弱が没落を意味するともかぎらない。強い者は、病理学的恐怖にとりつかれでもしないかぎり、強力な信仰を生むこともちつづけることもできはしない。ロシアや中国のおとなしい、遅れた大衆のあいだに生まれつつあるものに匹敵しうる信仰は現在のところ西洋のどこにもない。西洋には技能、能率、規律正しさ、そして仕事へのすばらしい熱意がある。全体主義諸国との競争において、西洋がでっち上げられた新しい信仰に頼ることは自殺行為にひとしい。われわれはただ、われわれがすでに首尾よくなすべを知っていることをさらによりよくなすことによってのみ勝つことができる。西洋において、両手をかたく結んで新しい信仰を求めて祈る人々は、災いの種を播いているようなものである。

自由な人間は人間の所行につきまとう不完全さを自覚しており、しかも完全でないもののためにすすんでたたかい死ぬのだ。彼らは人間の基本的な問題には最終的な解決がありえないこと、われわれの自由、公正、平等などといったものは絶対性からはほど遠いこと、よい生活とは姑息な手段、妥協、小悪、そして完全への努力の混合から成っていることを知っている。近似的なものを拒否し、絶対性を主張することは、自由、寛容、公平を嫌うニヒリズムのあらわれである。

現在の世界のアメリカ化は先例のない現象である。外国の影響の浸透はこれまでほとんどつねに教育のある者と富裕な者の進取の精神に依存してきた。ところがアメリカの習俗、ファッション、生きかたの世界的な普及は、知識人のけたたましい反対や良識ある人々の敵意とまっこうからたたかいながら進行しているのだ。これに類似した現象でただひとつ考えられるのはキリスト教の初期の伝播である。ただし、アメリカ化は福音家や宣教師によっておし進められるのではなく、化学の試薬のようにおのずと浸透して行きたちまち一般民衆や若者と結びつく、というちがいはある。「アメリカ的生活様式は五つの大陸における大衆の宗教となった」と英国のあるオブザーヴァーはいっている。*

＊ディヴィッド・マーカンド。「マンチェスター・ガーディアン・ウィークリー」誌一九六〇年三月十七日号所収。

皮肉なことに、世界がアメリカ化しつつある時にアメリカの知識人はアメリカから離反して行っているようにみえる。ここサンフランシスコ湾地域でも、アメリカに対する知識人の態度の劇的な変化にはひとつの歴史的転換点のメルクマールをなすものがある。一見アメリカの知識人がヨーロッパ化されつつあるという印象を受け、影響を及ぼす側と受ける側とのあいだになんらかの関係があると思いたい誘惑にかられる。つまり、世界に影響を及ぼすことによってアメリカも不可避的に外国からの影響に自分自身をさらす、そしてこのばあい、今までにもしばしばそうだったように、知識人が外国の影響の運搬者なのだというふうにである。ところが実際は、知識人の現代アメリカに対する反撥は外国の影響の浸透とはほとんど関係がなく、それはいわば社会的風景の傾斜における最近の変化の結果にすぎないのである。

一社会の性格は主として才能と野心の流れる方向——社会的風景の傾斜——によって決定される。アメリカではつい最近までエネルギー、能力、野心の大半はその吐け口をビジネスに見いだしていた。『息子と兄弟のノート』でヘンリー・ジェイムズは、彼と兄ウィリアムが子供だったころ、自分達の父が実業家ではなくて哲学者であり作家であったことをどんなに残念に思っていたかを書いている。フランスのように作家や芸術家が世間で高い評価を受けているヨーロッパの国では、少年少女たちはおそらく自分の父親が作家でも芸術家でもなく、たんなる実業家にすぎないことを認めるのを屈辱的に感じているだろう。フランスでは「ブルジョワは誰でも芸術家になりたがっているのだ」、とオスカー・ワイルドはいっている。さて、当然のことながら、一社会が中心的に追求していることは本来なら他の職業に向かうはずの個人を魅きつけのみこんでしまう。アメリカでは最近まで多くの潜在的な詩人や哲学者が実業家になっていたが、一方フランスでは多くの潜在的な実業界の大物が知識人として一生を送っている。そして皮肉なことに、実際には自分に向いていない道を選んだこれらの個人が、自分の働いている領域の性格とスタイルを形成することが多いのだ。アメリカの実業《ビジネス》にそのプロメテウス的勝利と推進力を与えたあの広大なコンビネーションと一連の絶え間なき革新を開始したのは、因習的な実業家ではなく、道をまちがえた詩人や哲学者だったのである。自分が純然たる行動の世界にはまりこんでしまったのに気づいた哲学者にとってはあらゆる行動が同じもののようにみえるので、彼はこの活動分野からあの分野へといとも簡単に移行するのである。彼は工場、鉱山、鉄道、油田などを結合してしまうが、それは哲学者がさまざまな観念を対照し概括するのと同じやりかたである。不向きな人たちが知識人のあいだに多いフランスでは、知的領域の風潮と歩調は、言葉や観念がそれ自体目的であり実存の中心であるような真の知識人によってではなく、自分が知識人の鋳型にはめこまれてしまったと思っている潜在的行動人、潜在的オルガナイザーや管理者によって生み出されている。このタイプの知識人にとって観念は行動への序奏としてのみ有効なので、彼は実践や歴史形成を知的実存の必須の構成要素とみなすのである。

さて、重要な事実は、人工衛星《スプートニク》以来知的追求の威信と物質的報酬がこの国で急速に生じるようになり、社会的風景が実業とは別の方向に傾斜しはじめたということである。現在では科学者や教授の職業は実業家のそれよりも面白味があるし、その物質的報酬はけっしてばかにできない。最近の調査によれば、大学生のうち実業界に入ろうと思っているものは二十パーセントにすぎないということである。したがって今では産業帝国を牛耳ったり建設したりするすぐれた才能をもった多数の個人が、アカデミズムの階梯《かいてい》を苦心して登り、あるいは文学や芸術の分野で全力投入しているということもおおいにありうる。これはフランスで風靡しているのと似た事態であり、かくしてアメリカの知識人がヨーロッパ化しつつある、という印象が生じるのである。

社会的エネルギーの流れの方向の変化が一社会あるいは一文明の生命の転換点を構成することはいうまでもない。宗教改革が歴史的転換点としてあらわれて近代西洋の誕生を記したとすれば、それが主として僧界から世俗の水路へとエネルギーの方向転換をもたらしたからである。十六世紀には二十年ものあいだウィーン大学の学生からただひとりの聖職者も出なかったといわれている。わが国では前世紀中葉における西部の開拓にともない、ニュー・イングランドの聖職者、詩人、作家、学者の子弟が鉄道建設、鉱山発掘、製造業に進んでいるが、一分野から他へのこのエネルギーの方向転換が現代アメリカの誕生を記し、同時にニュー・イングランドの文化的隆盛に唐突ともいうべき終焉をもたらしたのである。

才能と野心の実業からの方向転換がどれほど早く、またどの程度に、経済的冒険性と推進性の減退としてあらわれるかは知りようもない。知的追求へのエネルギーの流入が文化的創造性の高まりという結果を生むかどうかもわからない。しかし、大学の内外でこれを揺すぶり動かそうとする者たちが、すでに活動を開始していることは疑う余地がない。市民権運動とヴェトナム戦争は、これら歴史のつくり手と自称する者たちにとって恰好《かっこう》の手段である。歴史づくりはわれわれの時代の病弊となりつつある。歴史の本は開かれておいてあるようにみえ、低級なインテリはだれもがそのページをめくりたがっているのだ。

アメリカに対する知的集団の態度は創造的な少数者によって形成されるのではなく、なんらかの理由で自分の不満を創造的衝動へと転化させることもできず、潜在能力や才能を開発したり表現したりすることによって独自性や成熟の感覚を獲得することもできないような多数者によって形成されるのである。昨今のアメリカには彼らの慢性的欲求不満を癒したり軽減したりすることができるものは何もない。彼らは権力、支配、それに行動を起こす機会を求めているのだから。たとえわれわれがこの国土から貧困を追放し、黒人を真の平等へと引き上げ、ヴェトナムから撤退し、国民総所得の半分を海外援助として投じたとしても、彼らはなおもアメリカを住むのには適さないエア・コンディションつきの悪夢とみなすだろう。

いったい何がアメリカの知識人を国内で窒息させているのかを知ろうとすれば、驚くべき発見をするだろう。それは風景ではない、たとえ彼がその歴史的な貧弱さを痛いほどわかっていてもだ。社会体制でもない、特にルーズヴェルトやケネディのような貴族に率いられている時には。アメリカの知識人が我慢できないのは、アメリカ人という大衆——精神的・道徳的・知的能力を欠いた愚かな怪物——なのである。老ヘンリー・アダムズのように、今日のアメリカの知識人は日刊新聞をアメリカ的生活の悪弊と堕落の証拠物件としてくまなく読み、彼の嫌悪と反感を堅固《けんご》にするためにスクラップを用意している。アメリカの知識人がアメリカについて語るのを聞き書くのを読むと、彼らがアメリカについて知っていることは、実は彼らがおたがいについて知っていることなのではないか、彼らは自分の党派やセクトの内ゲバ、不信、羨望、悪意、順応主義、貧弱さ、不毛さをアメリカに投影しているのではないか、と疑わざるをえない。アメリカ人がアメリカについて書き、しかも親切さについて語らず、協力に対する無限の能力に言及せず、技術上のみならず社会的、政治的手腕の未曾有の普及に触れず、最小限の管理と指導でもって世界的な仕事をするアメリカ人の能力に触れず、どんなありふれたアメリカ人にも潜在する驚くべき可能性について語らないとは！ ノーランド一家[16]の後援を受けた傀儡《かいらい》政治家が最高裁判所長官アール・ウォレンとなり、クー・クラックス・クラン団を後だてとする三流政治家がヒューゴー・ブラック司法官となり、倒産した雑貨商人があの腐敗したペンダーガスト機関から世に出してもらってハリー・トルーマン大統領となり、また南部の一政治家が公民権立法を貫徹するなどとは、知識人の中でいったい誰が予測しただろうか。ジョンソン、トルーマン、ブラック、ウォレンのような人物は社会のどの階層にも存在しているが、ただ彼らはアメリカ的生活にすっかり没入しているのである。

アメリカの知識人は、監督も指導もほとんどなしに事を処理するわれわれの能力は社会的活力のしるしである、という考えかたを拒否する。彼は社会の活力を偉大な指導者を生む能力の有無によって測ろうとするのだ。しかし、必要とあらばただちに傑出した個人を輩出させるのは、ほかでもない、平常時には傑出した指導者がなくとも十分に機能するアメリカである。アメリカの知識人に向かって平凡なアメリカ人について語るのは、まるで神秘の大陸に住む神秘的な人々について語るようなものである。

しかし、知識人のばかげた姿勢についてあらゆることがいいつくされたあとにも、知識人の慢性的戦闘性とあらさがしが西洋の社会的進歩の重要な因子であった、という抗《あらが》いようのない事実は残る。知識人の吹くらっぱの音はわれわれの政治経済体制を破滅させもそこねもしなかった。ナポレオンは、封建体制に対して大砲がなしたことを、近代の社会機構に対してはインクがなすだろう、と予言した。実際、西洋ではインクは爆発物としてよりは清浄剤として作用してきたのである。文筆家の活動なくして一般民衆の運命がはたして今日あるごとくになりえたかどうかは疑わしい。

過去五十年間に起こったことは、知識人が現状とたたかいながら公言することと彼が権力の座についたときに実行することとの乖離《かいり》を鋭く意識させ、今ではわれわれは猛烈な抗議に直面した人民委員《コミサール》がどんな顔をしているか詮索《せんさく》するのを常としている。実際、戦闘的知識人から人民委員に変身するには特別の文化的風土を必要とするのであり、これまでのところそれは主として西洋以外で起こってきた。ロシアと中国の過去が現在のマルクス主義体系の発展において演じてきた役割を低く評価するのはたやすいことである。一世紀前にアレクサンドル・ゲルツェン(17)は、ロシアの共産主義はロシアの専制政治をさかさまにしたものになるだろう、と予言している。官吏である知識人が数世紀のあいだ公務にあたっていた中国では、現在の知識人独裁政治は過去との訣別であるよりはその極致なのである。

西欧と米国では個人の自由の伝統が教育のある者にもない者にも深く根をおろしているので、ロシアや中国の経験をなぞろうとしても、知識人はさほど独善的にはなれないし、大衆もさほど服従的にはなれない。かくして、西洋では戦闘的知識人というのは安定したタイプであり、典型的な刺激剤なのである。そして西洋の影響が十分強くなるとかならず、慢性的な不満分子である知識人が登場し、たとえ自分の知識人仲間による支配であるときでも、現在のさばっている支配に敵対する。このことは東欧とロシアの現在の知的不穏状態に示されており、どうやら西洋が共産主義によって転覆されるのを恐れる以上に、支配者である共産党が西洋の感化を恐れることが多いようにみえはじめている。

「いかなる支配階級もおかかえのインテリゲンツィアをもたずにやってこられたためしがない」とスターリンは断言しているが、これはいうまでもなく全体主義体制にもあてはまる。自由を提供することのできる社会はまた、御用インテリゲンツィアなしにやっていける社会である。それは、国民の最も口うるさくおそらく最も才能のある部分による、とめどない妨害にもよく耐えるだけの活気に満ちている。そのような妨害は、自由の代価であるといわれる「永遠の不寝番」なのである。自由な社会では、内的緊張は無秩序《アナーキー》の発生するきざしではなく、活力の徴候——自己増殖的ダイナミズムの諸要素——である。知識人はまったく自由な社会において最も創造的になれるというたしかな証拠はないが、彼の支配的エリートとの癒着あるいは親密な結びつきが遅かれ早かれ社会的文化的停滞に行きつくことは疑いをいれない。知識人の権力と支配への渇望の慢性的欲求不満は、ただ彼に侮られ傷つけられた者の側につく気をおこさせるだけでなく、彼の能力や才能を自覚し開発することによって、自分が得そこねたものを償うようにさせることもありうるのだ。

訳註

未成年の時代

（1）ホッファーは沖仲仕の友人オズボーンの息子の名付親となった。『波止場日記』には、このエリックという息子とつきあうことから、ホッファーがさまざまな考察を導き出す過程が書かれている。
（2）サルバドール・デ・マダリアーガ（一八八六〜一九七八年）スペインの作家、外交官。一九三四〜三五年にはスペインの国際連盟代表となる。著書は"Anarchy or Hierarchy"（一九三七年）、"The World's design"（一九三八年）、『ドン・キホーテの心理学』（牛島信明訳、晶文社）など多数。
（3）ローレンス・ヴァン・デル・ポスト（一九〇六〜一九九六年）南アフリカ生まれのイギリス人。作家、探検家。『カラハリの失われた世界』（佐藤喬訳、筑摩書房）などの著作がある。
（4）ジョン・バーチ・ソサエティという一九五八年に設立された反共極右団体。一九四五年、中国で殺された布教者であるジョン・バーチの名を記念している。国連、北大西洋条約機構、対外援助などに反対する立場をとる。

(5)「真の信仰者」"The True Beliver"とは狂信者の意である。邦訳『大衆運動』の原題であり、情熱的な大衆運動を支える者を意味している。

オートメーション、余暇、大衆

(6) レオナード・ウーリー卿(一八八〇〜一九六〇年) イギリスの考古学者。『シュメール人』『アブラハム』などの著書がある。

黒人革命

(7) 人種平等会議 Congress Of Racial Equality の略称。一九四二年設立。人種差別に反対する組織団体で、とくに南部における黒人の選挙権登録と市民権獲得のために活動した。非暴力的な直接大衆運動をとる。

(8) イライジャ・ムハンマド(一八九七〜一九七五年) 黒人回教徒の教祖。黒人の優越性を主張しアメリカ黒人の分離国家を唱えた。マルコムXはその弟子だが、一九六四年に対立し、黒人回教徒のまま組織から脱会、急進的なブラック・ナショナリスト党を結成した。

現代をどう名づけるか

(9) シャルル・ペギー(一八七三〜一九一四年) フランスの詩人。ベルクソン、ロマン・ロラン、社会主義等の影響を受けた。のち、カトリックに回心、国家主義者となる。

(10) スペルマン枢機卿(一八八九〜一九六七年) フランシス・スペルマン。アメリカのカトリック教会聖職者。一九四六年、枢機卿に就任。

(11) ジャック・マリタン(一八八二〜一九七三年) フランスの哲学者。レオン・ブロイ、ベルクソンの影響を受け、カトリックに回心。ネオ・トミズムを唱えカトリック革新運動の指導者となる。著作は、『人間と国家』(久保正幡他訳、創文社)、『フランス哲学者の見たアメリカ』(小林珍雄訳、荒地出版社)、『聖トマスと悪の問題』(稲垣良典訳、ヴェリタス書院)など多数邦訳されている。

(12) ウォルター・バジョット(一八二六〜一八七七年) イギリスの経済学者、ジャーナリスト。進化論を政治学に適用した"Physics and Politics"や『イギリス憲政論』

（小松春雄訳、中央公論社）などの著書がある。

自然の回復

(13) イギリスの科学者G・ロマニーズ（一八四八〜一八九四年）が一八九一年、オクスフォード大学に創設した科学・美術・文学に関する講演シリーズ。

(14) アルフレッド・ラッセル・ウォレス（一八二三〜一九一三年）イギリスの博物学者、社会思想家。アマゾンを探検し、自然淘汰の理論を構想、ダーウィンに影響を与えた。

(15) アンドレ・シーグフリード（一八七五〜一九五九年）フランスの歴史家、文明批評家。『アメリカ成年期に達す』（神近市子訳、那珂書店）や『現代のアメリカ』（木下半治訳、青木書店）など邦訳されている。

現在についての考察

(16) ウィリアム・ファイフ（一九〇八〜一九七四年）をリーダーとする共和党最右派。

(17) アレクサンドル・ゲルツェン（一八一二〜一八七〇年）ロシアの作家、政治家。一八四七年にロシアを去り、主にパリ、ロンドンに住む。小説に"Who is to Blame?"が、回想録に『過去と思索』(金子幸彦・長縄光男訳、筑摩書房)がある。

E・ホッファーについて

柄谷行人

エリック・ホッファーは、一九〇二年ニューヨークにドイツ系移民の子として生まれた。よく知られているのは、彼が七歳のとき失明し、十五歳のとき突然視力を回復したということである。当然ながら彼は一度も正規の学校教育を受けていない。人生のスタートで、こういう障害を自明のものとして引きうけることが何を意味するかは、ほとんどわれわれの想像を絶している。ふつうの青年が自己の可能性に関して過大な希望をもち、したがってまた過大な幻滅に陥ったりする時期に、ホッファーはすでに、生についての動じがたい見解を固有していたようである。オルヴィン・トムキンスの『アメリカのオデッセウス——エリック・ホッファー』によれば、彼は二十歳にみたぬ年頃にすでに両親や係累をうしなっており、独りで生きること、人の好意に頼らないこと、どうせ短命だから何ものにも熱中したり執着しないこと、誰とでもいつでも何の苦悩もなく別れられるようにすること等を生活の格率にしていた。以後も彼はこの格率をまもっている。これは、彼がものを考え書く以前からもっていたストイシズムであり、あるいはモラルとよぶべきものである。

天涯孤独になったあと、ホッファーはカリフォルニアに行き、さまざまな職につき、とくに一九三〇年代を農業労務者として各地を移動しながらすごした。不況時代とはいえ、他に可能性がなかったわけではあるまい。むしろ彼はこういう生活を選んだのである。

ホッファーが選んだのは、いわばもっとも単純な生存である。日雇い労働をすること、金と暇ができれば図書館で本を読むこと、結婚もせず工場にも勤めないこと、おそらくこれは現代において独りの人間が生きていく上でとりうる最も単純な形態である。彼の生活史にドラマティックなものは何もない。ただ二十八歳のとき自殺しようとしたということをのぞけば。

七月十五日

午後五時。仕事に行かなくてもよいのはすばらしくいい。仕事が四日も続いた後では休みの朝がかくべつ快い。考えてみると、かつては特定の場所とか特定の日を、特に趣き深く感ずるようなことはなかった。ある場所に郷愁を感ずることもなかったし、休日を待ち望むこともなかった。(以下略)

十月五日

第三十九埠頭《ふとう》で八時間。楽しい一日。仕事は次々あったが、きつくなく、しかも相棒がよかった。うんざりした日になるのは、きまって仕事のせいではなく、ときどき仕事に伴って生ずる不愉快なことのためである。性急さ、争論、あつれきなどで、疲労し、また気落ちするのである。五分間口論するよりも五時間働いた方がいい。

十月八日

ナインス・アヴェニューの日本船にて、玉ねぎの荷積みを八時間。熱気と汗とでぐったりした。読書さえできず、ましてや著作なぞ。休暇の十日前になって方針を変えてみたところで無駄である。もろもろの観念が頭の中でせき止められているのがわかる。だから、いったん言葉が流れ出しさえすればすべてうまくいくだろう。ひっきりなしの仕事で、厚いカーペットをしていたように頭がほこりで埋まっている——乾燥地帯と同じ——という感じが、何カ月もしている。（以下略）（田中淳訳『波止場日記』）

以上は一九五八年の日記から任意に選んだものである。これは沖仲仕《おきなかし》の日々であるが、沖仲仕以前もより不安定とはいえ同じような日々があったと考えられる。一九五八年にはすでにかなり名の通った思想家でありながら、ホッファーはこういう生活に終始したのである。沖仲仕を隠退したのは六十歳のときである。

ホッファーの声は、原型的といっていいほど単純で明確な生活の場所から発せられる。それは人間が自然に対して存在する場所としても、自己自身に対して存在する場所としても、最も直接的かつ明確な場所である。ここからみれば、その他のものはすべて猥雑で混濁しているというほかはない。

ホッファーがその思索を開始したのも、学校や工場ではなく、同じ場所、社会の最底辺であり、社会的不適合者《ミスフィット》たちが掃きだめのように集まる場所、またたえず自然の直接の脅威にさらされ自己と孤独に向きあうほかない場所である。

しかし、一つの思考が動きはじめるには、さまざまな契機を必要とする。ホッファーにとって、それはナチズムの擡頭であり、三〇年代の左右の急進主義の氾濫である。だが、最も重要な内的契機はモンテーニュとの出会いであり、『エセー』は彼の文章だけではなく思考のスタイルそのものを決定したといってもよい。本書（第Ⅱ章）に書かれているように、一九三六年ホッファーが、雪で閉じこめられる前に何でもいいからぶ厚い本を買いこんでおこうと考えて出かけた古本屋で偶然手にしたのが、『エセー』である。この偶然が、方向を求めあぐねていたホッファーに決定的な変化をもたらした。『エセー』はたんなる書物ではありえなかったのだ。モンテーニュはいっている。

わたしは低い輝きのない生活をお目にかける。かまうことはない。結局それは同じことになる。道徳哲学は、平民の私の生活の中からも、それよりずっと高貴な生活の中からも、全く同じように引き出される。人間はそれぞれ人間の本性を完全に身にそなえているのだ。世の著作者たちは、何かの特別な外的な特徴によって自分を人々に伝えている。わたしこそ初めて、わたしの全体によって、つまり文法家とか詩人とか法律家とかとしてではなく、ミシェル・ド・モンテーニュとして、自分を伝えるのである。もし世の人たちが、わたしがあまりに自分について語るといって嘆くならば、わたしは彼らが自分をさえ考えないことをうらみとする。

いうまでもないが、モンテーニュはいわゆる自分のことなど一行も書いてはいない。しかし彼こそ初めて「自分」について語った人間であり、「自分」が主題となりうるということ自体を見いだした人間である。おそらくホッファーが発見したのは、「低い輝きのない生活」のなかで「人間の本性」を省察するということである。専門家は肝心のこと、つまり「自分」についてはまったくの無知だ。ホッファーが『エセー』から発見したのは、ただ「自分」について語りさえすればよいということである。だが彼はこのときはじめて周囲の人間にも気がついたのだといえる。彼自身をふくめた社会的ミスフィットらの存在に。

ホッファーもモンテーニュに倣《なら》って次のように書く。

最も感受性のとぼしい人が、他人の注意ぶかい観察者になれるようには、われわれのなかの最も感受性にとむ人でさえ、自己自身の観察者にはなれない。

自己自身の観察、これがホッファーの思想のアルファでありオメガである。したがって彼の思索は断片的であり反体系的であり、アフォリズム的であるほかはない。

モンテーニュもいっている。《わたしの叙述は、種々さまざまな変り易い偶然事と、定めのない、否、時には相反する空想との、記録である。それはわたし自らが変るからであろうか。それとも物事を別の事情、別の考察の下にとらえるからだろうか。とにかくわたしは時と場合で随分矛盾したことをいうらしいが、真実をまげたことはない》

ホッファーの思考もまたけっして体系化しえないし、体系化しえない両義性をつねにふくんでいる。それは一見矛盾しているようにみえるが、矛盾しているのは「人間の本性」の方である。

厳密な科学用語で、われわれの内面生活について語ることはおそらく不可能であろう。科学の用語で、ひとは自らをわらったり、あわれんだりできるだろうか？　詩とアフォリズムのいずれかしかない。後者は、おそらく、あいまいさがより少ないだろう。(『情熱的な精神状態』)

いずれにせよ、フランス語のできないホッファーが最も影響を蒙《こうむ》った著作家がすべてフランス人だというのは皮肉なことだ。ホッファーはドイツ系アメリカ人としてはありそうもない「モラリスト」の系譜に加わったのである。

もとより彼の自己省察は、一九三〇年代の「ヒットラーとスターリンの時代」のなかですすめられた。最初の本“The True Believer”（一九五一年、邦訳題名『大衆運動』）では、急進的な大衆運動の根源にある心理的現実が包括的にとり出されている。

彼がとりだしたのは、もろもろの観念や教義ではなかった。彼がみたのは、むしろ観念や教義は現実に由来するよりも情熱的な精神が選んだ形式にほかならぬこと、さらに情熱的な精神とは自己の自己自身からの逃避の形式、自己を別のものとして世界に対して確証しようとする形式にほかならないということである。おそらくこのことは、アメリカの精神分析学者や社会学者がいっていることと大部分重なるといえる。しかし、ホッファーはたんに「自分」について語ったのである。社会的な不適合者《ミスフィット》の吹きだまりのなかで、彼は自身、失意と絶望から全面的破壊と救済への狂信に転換する心理的現実を熟知していたにちがいないからである。ホッファーもまた極端なタイプの人間であって、極端を知らぬ精神にものが視えるということはありえないのである。さらに、心理学者も社会学者もまた「情熱的な精神状態」に陥ることをまぬかれない。人間を観察することと、「自分」を観察することはまったく別の事柄に属するからだ。

ホッファーがいおうとするのは、自律的であろうとする「近代」の精神がその困難に耐えきれないでさまざまな仮象の下に重荷を預けていかざるをえないということである。大衆運動はそのあらわれにほかならず、また大衆運動の熱狂の底には必ず、安定したアイデンティティを喪失した、あるいはそれを放棄した個人の不安がある。この不安は自由と裏腹に存在する。ひとは自由を犠牲にしてでもこの不安を解消しなければならない。

自らの足で立つ個人は、かれが自尊心を失なわない限り安定している。自尊心の保持は、すべての個人の力と内面の資源を吸いつくす間断ない仕事を通してである。日々われわれは、自らの価値を証明し、日々あらたにわれわれの存在を理由づけねばならない。その理由は何であれ、自尊心が得られないとき、自律的個人は、きわめて爆発的な実体と化す。かれは、将来性のない自我から身をひるがえし、自尊心にかわる爆発的代用品たるプライドの追求という新しい冒険にとびこんでいく。すべての社会混乱と激動は、その根底に、個人の自尊心の危機がある。大衆が最もたやすく統合される偉業も、基本的には、このプライドの探求である。(『情熱的な精神状態』)

人間は自由を欲していないしそれに堪えられもしないとドストエフスキーはいったが、それはホッファーのいうように、個々人が自らの価値を証明し日々あらたに自らの存在を理由づけなければならない重荷に耐えられないからである。大衆運動は客観的な社会的現実からただちに生じるのではない。貧困階層はしばしば保守的であり、急進的なのは没落した富裕階層である、というのが一つの例だ。ここにも〝自尊心〟の問題がある。

ここで問題があるのは、こういう心理的現実のみを見るならば、いかなる観念や教義にもふくまれている現実認識を見落すのではないか、あるいはいかなる大衆運動もそれなりの現実的根拠をもっているということを見落すのではないか、という点である。〝自尊心〟や〝アイデンティティ〟によってすべてを説明することはできないのではないか、という疑問は当然生じるだろう。これはホッファーだけではない、キリスト教と社会主義にルサンチマンと倒錯した権力意志をみたニーチェについてもいえることだ。しかし、むしろわれわれはこう考えるべきである。〝現実〟は客観的に存在するのではなく、個々の主体的把握において存在する以上、「自分」というものを捨象して何事も語ることはできないし、それらはけっして分離しえない事柄である、と。

たとえば、辛辣なモラリストの一人ラ・ロシュフーコーは、虚栄心を人間の行為の根底においている。それは宮廷サロンにおける心理家にふさわしい見方だが、ホッファーのいう〝自尊心〟はそういうものではない。それはたえず「人間の本性」あるいは「人間の条件」（パスカル）への省察と結びついている。ホッファーの省察は、人間は自律的であるべきだが、自律的たることは不可能だというような両義性を示す。この両義性を前にして、ホッファーは、ニーチェのようにではなくまたパスカルのようにでもなく、モンテーニュのように立つのである。《人生の秘訣で、最善のものは、優雅に年をとる方法を知ることである》（『情熱的な精神状態』）。

急進主義、情熱的な精神にひそむ心理的現実を酷薄《こくはく》にあばいたホッファーは、問題を〝自尊心〟や「憎悪はしばしば希望のことばを語る」といった心理的倒錯の分析から、別の方向に移しはじめる。一つには、これまでひたすら内省的だったホッファーがアメリカという社会のコンテクストの中で発言しはじめたという事情がある。本書のエッセイもそのために書かれたのである。

まもなく彼が関心を向けたのは「変化」の問題であり、さらに「人間と自然」の問題である。

『変化という試練』のなかで、ホッファーはこういっている。われわれはまったく新しい状況、まったく新しい事態に適合することができない。ドラスティックな変化はアイデンティティを奪いミスフィットたちを生みだす。彼らは自信をもちえず、〝情熱的〟な精神状態に陥る。したがって、変化こそが革命を生みだすのであって、変化がない社会では革命の可能性ももたないのである。

ホッファーが〝ドラスティックな変化〟の例としてあげているのは、移民、都市への移住、失業、隠退、階級的没落、発展途上国の強いられた近代化などである。こう考えてみると、現代においては誰もが例外なしに「変化という試練」にさらされているというほかはない。「情熱的な精神状態」はかくて今や世界的な根拠をもっており、世界的な現象となりつつあるのである。

ホッファーは〝変化〟という現象をたんなる歴史的な特殊ケースとしてでなく、むしろ人間の存在条件として考察しようとする。本書第I章で、彼は、どんな個人も少年から大人への〝変化〟を経験するように、一般に、〝変化〟を蒙った人間はその年齢にかかわらず青年期の性格を帯びるようになるといっている。そして、新しいアイデンティティを求めて生まれかわろうとする欲求は、彼らを子供っぽくし未開化する。

むしろ「変化という試練」は、現代の人間を強いている恒常的な条件であって、誰もこれをまぬかれることはできない。そして、革命が変化を生みだすのではなく、変化が革命を生みだすのだということ、これは現代の困難を解決しようとするときわれわれが出会う背理にほかならない。とりのぞくべき根本原因などというものはなく、原因は結果にすぎないからである。

第V章「自然の回復」というエッセイは、ホッファーが人間を自然との関係において考察しようとした注目すべきエッセイである。彼は近著『初めのこと、今のこと』（田中淳訳）のなかでも、次のように述べている。

私は渡り農夫、造材人夫、砂金鉱夫としてかなり長い間自然に密着した生活をしてきた。私は母なる自然から冷たいしうちを受け、自分は目ざわりな存在なのだと感じさせられた。私はありとあらゆる虫に刺され、毬《いが》や棘《とげ》にかき傷をつけられた。私の衣服は引き裂かれたり、からまったりした。横になって休もうとすると堅い土が身体をいためつけ、垢《あか》が毛穴の一つ一つにくいこんだ。周囲のものすべてが、起きて去れ、と絶え間なく命じていた。私は好ましからざる侵入者であった。木や花や鳥は人間の居住地で、都市でさえ、安住しているのに、私は自然の中で安らぐことはできなかった。足が舗装道路を踏みしめるまで、私の心は安らぎを覚えなかった。

道路は都市に通じていた。人間にとっては都市という人工の世界がこの地球上で唯一の安住の場であり、冷酷な非人間的宇宙からの避難所であることを、私は身をもって知ったのである。

ここでいわれていることは〝自然観〟とかいった類の事柄ではない。ホッファーは自然に向きあった人間というものを最も根底的な場所からみているのである。

ホッファーは、「自然に還れ」という思想を根本的に拒《しりぞ》ける。それはヨーロッパの温順な自然風土に恵まれ、さらに現実に自然に身をさらしたことのない知識人から出てきたロマンティックな発想にすぎないからだ。それは今日の公害問題についてもいえるだろう。公害をもたらしたのは、自然を征服しようとする技術・工業の行き過ぎなどではない。自然をエコロジカルな連関においてとらえることのできなかった技術・認識の欠如にすぎないのである。そもそも「自然に還れ」というイデオローグは自然に屈従したかつての不自由な生活に戻る覚悟など毛頭ありはしないのである。公害問題は、自然が依然として人間にとって厄介な相手だということを意味するにすぎない。

だが、もっと厄介なのは人間という自然、つまり内的な自然、モラリストのいう情念《パッション》の方である。ホッファーは、「人間のうちには原始的でどろどろしたものが常に存在しており、それを加工することによって、人間は人間的存在となる」といっている。

人間は外的な自然に対して脆弱であるばかりでなく、内的な自然に対してさらに脆弱である。情念を放置すれば、たちまちそれは人間をのみつくす。人間が人間存在であるためには、この自然をたえず加工する「精神の錬金術」が不可欠である。これと闘うのではなく加工するのでなければならない。

ホッファーがよくいうことばがある。

山を動かす技術があるところでは、山を動かす信仰は要らない。

要するに、彼は自然と闘ってはならない、自然を加工すべきである、といっているのだ。山を動かす信仰とは文字通り山と呪術的に闘うことであるが、山を動かす技術はたんに自然を認識しその力を利用することである。同じことが情念という自然についていえる。情念と闘いこれを撲滅しようなどというのは無暴な企てである。そのような闘いは、かえって宗教的な急進主義、肉欲を絶とうとするような情熱的《パッショネート》精神状態にひとを追いやる。むろんあらゆる急進主義にもそれはある。情熱的な精神状態とは、つねに「山を動かそうとする」信仰であり、また情念《パッション》に喰いあらされた状態である。こういう厄介な自然に対して、せいぜいわれわれに可能なことは、これを加工し創造的な力へと変容させることだけだ。しかしわれわれは内的自然をコントロールする「技術」をもっているだろうか。

外的自然をコントロールしなければならないこと、これは有無をいわせぬ第一義的な課題である。われわれの社会構造のレベルは基本的に「自然の人間化」の度合に対応しているからである。自然が勢威をふるっている社会では、個人は集団に埋没している。しかし、「人間精神の暗い穴ぐらに巣くっている破壊的な力」「人間のうちにある原始的でどろどろしたもの」に対しては、われわれはまだほとんど何の技術ももちあわせていない。かつては宗教や哲学が、現在は精神の諸科学がこれに対する照明を与えているけれども、事実上われわれはまだ幼稚な段階にいるというほかはない。なぜなら、この点に対してわれわれは依然として「自己省察」という方法以外のものをあてにすることはできないからだ。

さらに厄介なことは、外的自然を克服することと内的自然を克服することが平行するのではなくむしろ逆立するということだ。これはホッファーが「自由」について述べた背理とも重なる問題である。たとえば、ホッファーは、都市は外的自然に対する防壁でありそこでのみ人間は自由であり精神的でありうるというのだが、現在のアメリカの大都市は逆に内的自然に蹂躙《じゅうりん》されて無法状態に陥っている。「自由」の困難さは、それがきわめて明晰なストイックな意志の持続を必要とするところにある。われわれはむしろ「自由」など欲していないといった方がよい。自律的であるためには、われわれは日々あらたに自己の価値、自己の存在理由を証明しつづけていかねばならないからである。そうして、それは少数の創造的な人間以外には不可能なことである。

本書第Ⅱ章で、ホッファーは、エジプトやシュメールの最古の文学が、元来王国の書記だった知識人が失職し無為を余儀なくされたとき生じたといっている。他にも例があげられているが、これは日本の文学史・思想史についても概ねあてはまることだ。要するに当然しかるべき地位につき実務的な文官になりえたはずの知識人階層が、それを許されず無為を余儀なくされたとき、結局二つの事態が生じる。一つは、現状の破壊と革命に向けてその「情熱」を傾注し爆発させることである。もう一つは、その「情熱」を加工し創造的なエネルギーに転化させることであり、文化を前進させてきたのはそういう知識人である。無為と傷ついた自尊心のうちにいる知識人は、ホッファーにいわせれば、どの時代においても最も危うい爆発物であり、両刃の剣なのである。

ホッファーは知識人を次のように定義する。

ここで、知識人という言葉で何をさしているかを述べておきたい。私のいう知識人とは、自分は教育のある少数派の一員であり世の中のできごとに方向と形を与える神授の権利をもっていると思っている人たちである。知識人であるためには、良い教育をうけているとか特に知的であるとかの必要はない。教育のあるエリートの一員だという感情こそが問題なのである。

知識人は傾聴してもらいたいのである。彼は教えたいのであり、重視されたいのである。知識人にとっては、自由であるよりも、重視されることの方が大切なのであり、無視されるくらいならむしろ迫害を望むのである。民主的な社会においては、人は干渉をうけず、好きなことができるのであるが、そこでは典型的な知識人は不安を感じるのである。彼らはこれを道化師の放埒《ほうらつ》と呼んでいる。そして、知識人重視の政府によって迫害されている共産主義国の知識人を羨むのである。(『波止場日記』)

ホッファーのいう知識人とは、いってみればあの〝自尊心〟の危機を最も敏感に意識する者である。すなわち、自己の存在価値を確証することを他の何にもまして必要とする者の謂《いい》である。オルテガ・イ・ガセットは現代を「大衆の反逆」の時代と呼んだが、ホッファーはむしろ「知識人の時代」だと考える。

ホッファーは、ヨーロッパや日本などにおける知識人のアメリカへの反撥、アメリカナイゼーションへの侮蔑の心理的現実を次のようにみなす。アメリカは史上唯一の〝大衆〟の国であり、ヨーロッパでなら〝知識人〟が指導しスローガンに掲げるようなことを、大衆が易々と工夫し実行してしまう。ここでは「山を動かす」指導者は要らない。スローガンも魔術師も要らない。すなわち〝知識人〟は不要であり重視もされないのである。アメリカナイゼーションによって進行する事態においては耐えがたいのは、むしろ〝知識人〟であり、彼らがアメリカを蔑視するのはそのためだとホッファーはいうのである。

知識人の指導者は、忍耐を要する地道な仕事をやるかわりに、華々しいことば、いわば「山を動かす」スローガンに訴える。たとえば砂漠を開拓するよりは世界革命を唱える。

また彼らはかつての権力とは違って、芸術や思想の創造的営為に干渉する。彼らは自分の知らない領域が存在することを許せないのであり、寛大ではありえないのである。彼らの本質は教師であって、それゆえ他の者が生徒のように傾聴することを命じるのだ。知識人の権力こそいかなる専制国家にもなかったような質の専制主義を生みだす。

ホッファーの知識人批判はあらまし右のようなものである。「知識人の時代」とは、「言葉がすべてである時代」である。《人々は、他の何のためよりも言葉のために、たやすく闘い且《か》つ死ぬ》。知識人の指導者がまきちらすのはいつも「山を動かす」言葉、言葉である。

ドラスティックな変化は不可避的である。しかし、変化が強いる不適合やさまざまの困難に対して、地道な努力に耐えるか、それとも「約束の地」のような観念に訴えて華々しく不毛な燃焼によって困難を回避するか。われわれはそのいずれかを選ぶほかない。

ホッファーの発言は「低く輝きのない」ものだが、不透明なところも混濁したところもない。それは、彼の声がつねに自然と直接に向かいあった場所、自己自身と直接に向かいあった場所から発せられているからである。それは急進的《ラディカル》ではないが根底的《ラディカル》な声である。

ホッファーの著作一覧

① *The True Believer*（1951）高根正昭訳『大衆運動』（紀伊國屋書店）
② *The Passionate State of Mind*（1955）永井陽之助訳『情熱的な精神状態』（『政治的人間』所収　平凡社）
③ *The Ordeal of Change*（1963）田崎淑子・露木栄子訳『変化という試練』（大和書房）
④ *The Temper of our Time*（1967）本書
⑤ *Working and Thinking on the Waterfront*（1969）田中淳訳『波止場日記』（みすず書房）
⑥ *First Things, Last Things*（1969）田中淳訳『初めのこと、今のこと』（河出書房新社）
⑦ *Reflections on the Human Condition*（1973）中本義彦訳「人間の条件について」『魂の錬金術――エリック・ホッファー全アフォリズム集』（作品社）

⑧ *In Our time*（1976）
⑨ *Before the Sabbath*（1979）中本義彦訳『安息日の前に』（作品社）
⑩ *Between the Devil and the Dragon*（1982）
⑪ *Truth Imagined*（1983）中本義彦訳『エリック・ホッファー自伝』（作品社）

ちくま学芸文庫版への解説

柄谷行人

私がこの本を（故冥王まさ子と共に）訳出しようとしたのは、一九七〇年代初頭、新左翼の運動が世界的に隆盛を極めた時期である。その頃、ホッファーの認識と生き方が切実で意味深く思われた。では、現在、それはどう見えるだろうか。当時のように、知識人が権威をもった時代では、もうなくなっている。今やはびこっているのは〝反知性主義〟である。であれば、ホッファーのような知識人批判は特に意味がない。むしろ、現状を肯定することにしかならないのではないか。この本を文庫版で出したいという依頼を受けたとき、私は一瞬そう考えた。

しかし、同時に、かつては目立たなかったホッファーの側面が急に新鮮に見えてきた。彼は政治的に群れ集うことを批判したが、別に孤立して生きていたのではない。たとえば、彼は沖仲仕《おきなかし》（港湾労働者）の労働組合リーダーであった。また、彼は知識人を批判したが、反知性主義ではまったくなかった。その逆に、知性によってしか権力に対抗できないことを説いたのである。彼は沖仲仕らにも本を読むように勧めた。

ホッファーの生き方が今でも感銘を与えるのは、たんに異色で反時代的であるだけでなく、未来の可能性を予感させるものがあるからだ。たとえば、彼はサンフランシスコ港での沖仲仕の仕事を、カリフォルニア大学バークレー校の政治学教授になったあとも、六五歳まで続けた。このことは、マルクスが書いた、つぎのような言葉を想起させる。《（分業が固定されない共産主義社会では）、私はしたいと思うままに、今日はこれ、明日はあれをし、朝に狩猟を、昼に魚取りを、夕べに家畜の世話をし、夕食後に批判（哲学）をすることが可能になり、しかも、けっして猟師、漁夫、牧夫、哲学者にならなくてもよいのである》（『ドイツ・イデオロギー』）。思えば、ホッファーはそれを実現していたのである。

ホッファーが与えた省察の一つは、「変化」が人間の精神状態に大きな影響を与えるということである。たとえば、人が急に貧困化すると、過激になるということであれば、誰でもわかる。しかし、急に富裕になると、過激になるということは、気づかれていない。つまり、貧困になるか富裕になるかではなく、変化そのものが人々の精神状態に影響するのだ。変化を志向するような「情熱的精神状態」は、まさに変化から生じる。日本では一九五〇年代後半に始まる高度経済成長がもたらした「変化」が大きかった。六〇年代末の、新左翼・ヒッピー（日本ではフーテンと呼ばれた）などの現象は、そこから来たといえる。

逆に、変化がない場合、人は変化を望まず、保守的になる。富裕な人たちがそうなるのは当然のように見えるが、貧窮者も同様である。貧困が長く続くと、人はむしろ保守的になる。日本の場合、一九九〇年代から経済成長の停滞が続いたため、若者は革命的になるどころか保守的になった。これは世代の変化ということでは説明できない。変化の不在こそが、世代の変化をもたらしたのだ。その意味で、ホッファーの省察は、今日の時代の「気質」を見る上で有効である。

最近私は、かつて肉体労働をしながら、ホッファーを読んで励まされたという人に二人、出会った。彼らと話しながら、私は一九九二年に死去した小説家中上健次のことを想いだしていた。私が彼に会ったのは、一九六八年の秋である。中上はその頃、ジャズ喫茶に入り浸るフーテンであり、同時に、受験浪人中の身を隠して早稲田大学の学生運動に加わっていた。そして、当時の佐藤首相のベトナム訪問を阻止するデモに参加した。そのデモは羽田空港に入る弁天橋の上で機動隊と衝突したのだが、それまでと違って、ヘルメットをかぶり角材をもって対決したのである。その意味で、画期的なデモであった。この時、京大生が一人死んだ。以後、新左翼運動が急激に盛り上がったのである。

中上もヘルメットをかぶり角材をもって参加したことはいうまでもない。ただ、皮肉なことに、中上はそれから数年後に、この橋の向こうにある、羽田空港で荷役運搬の仕事をするようになった。私はよく覚えていないのだが、彼は、私に勧められてホッファーを読んだからだ、といっていた。実際、彼は、空港とはいえ、とにかく「港」で働く労働者になったわけである。ヒッピー&新左翼であった中上が沖仲仕となり、また、労働の後は喫茶店で毎日小説を書くという規則正しい生活を始めた。小説家中上健次はこのとき誕生したのである。そして、そのような変化をもたらしたのはホッファーだった、といっても過言ではない。

（二〇一五年三月二二日）

本書は一九七二年十二月十五日に、晶文社より「晶文選書」の一冊として刊行された。

空間の詩学

ガストン・バシュラール
岩村行雄訳

家、宇宙、貝殻など、さまざまな空間が喚起する詩的イメージ。新たなる想像力の現象学を提唱し、人間の夢想に迫るバシュラール詩学の頂点。

リキッド・モダニティを読みとく

ジグムント・バウマン
酒井邦秀訳

変わらぬ確かなものなどもはや何一つない現代世界。社会学の泰斗が身近な出来事や世相から〈液状化〉の具体相に迫る真摯で痛切な論考。文庫オリジナル。

社会学の考え方〔第2版〕

ジグムント・バウマン／ティム・メイ
奥井智之訳

日常世界はどのように構成されているのか。日々変化する現代社会をどう読み解くべきか。読者を〈社会学的思考〉の実践へと導く最高の入門書。新訳。

コミュニティ

ジグムント・バウマン
奥井智之訳

グローバル化し個別化する世界のなかで、コミュニティはいかなる様相を呈しているか。安全をとるか、自由をとるか。代表的社会学者が根源から問う。

ウンコな議論

ハリー・G・フランクファート
山形浩生訳／解説

ごまかし、でまかせ、いいのがれ。なぜ世の中、こんなものがみちるのか。道徳哲学の泰斗がその正体とカラクリを解く。爆笑必至の訳者解説を付す。

世界リスク社会論

ウルリッヒ・ベック
島村賢一訳

迫りくるリスクは我々から何を奪い、何をもたらすのか。『危険社会』の著者が、近代社会の根本原理をくつがえすリスクの本質と可能性に迫る。

民主主義の革命

エルネスト・ラクラウ／シャンタル・ムフ
西永亮／千葉眞訳

グラムシ、デリダらの思想を摂取し、根源的で複数的なデモクラシーへ向けて、新たなヘゲモニー概念を提示した、ポスト・マルクス主義の代表作。

鏡の背面

コンラート・ローレンツ
谷口茂訳

人間の認識システムはどのように進化してきたのか、そしてその特徴とは。ノーベル賞受賞の動物行動学者が試みた抱括的知識による壮大な総合人間哲学。

人間の条件

ハンナ・アレント
志水速雄訳

人間の活動的生活を《労働》《仕事》《活動》の三側面から考察し、《労働》優位の近代世界を思想史的に批判したアレントの主著。

（阿部齊）

革命について　ハンナ・アレント　志水速雄訳
《自由の創設》をキイ概念としてアメリカとヨーロッパの二つの革命を比較・考察し、その最良の精神を二〇世紀の惨状から救い出す。（川崎修）

暗い時代の人々　ハンナ・アレント　阿部齊訳
自由が著しく損なわれた時代を自らの意思に従い行動し、生きた人々。政治・芸術・哲学への鋭い示唆を含み描かれる普遍的人間論。（村井洋）

責任と判断　ハンナ・アレント　ジェローム・コーン編　中山元訳
思想家ハンナ・アレント後期の未刊行論文集。人間の責任の意味と判断の能力を考察し、考える能力の喪失により生まれる〈凡庸な悪〉を明らかにする。

政治の約束　ハンナ・アレント　ジェローム・コーン編　高橋勇夫訳
われわれにとって「自由」とは何であるのか——。政治思想の起源から到達点までを描き、政治的経験の意味に根底から迫った、アレント思想の精髄。

プリズメン　Th・W・アドルノ　渡辺祐邦／三原弟平訳
「アウシュヴィッツ以後、詩を書くことは野蛮である」。果てしなく進行する大衆の従順化と、絶対的物象化の時代における文化批判のあり方を問う。

哲学について　ルイ・アルチュセール　今村仁司訳
カトリシズムの救済の理念とマルクス主義の解放の思想との統合をめざしフランス現代思想を領導した孤高の哲学者。その到達点を示す歴史的文献。

スタンツェ　ジョルジョ・アガンベン　岡田温司訳
西洋文化の豊饒なイメージの宝庫を自在に横切り、愛・言葉そして喪失の想像力が表象に与えた役割をたどる。21世紀を牽引する哲学者の博覧強記。

アタリ文明論講義　ジャック・アタリ　林昌宏訳
歴史を動かすのは先を読む力だ。混迷を深める現代文明の行く末を見通し対処するにはどうすればよいのか。「欧州の知性」が危難の時代を読み解く。

プラトンに関する十一章　アラン　森進一訳
『幸福論』が広く静かに読み継がれているモラリスト、アラン。卓越した哲学教師でもあった彼が平易かつ明快にプラトン哲学の精髄を説いた名著。

コンヴィヴィアリティのための道具
イヴァン・イリイチ
渡辺京二／渡辺梨佐訳

破滅に向かう現代文明の大転換はまだ可能だ！　人間本来の自由と創造性が最大限活かされる社会をどう作るか。イリイチが遺した不朽のマニフェスト。

重力と恩寵
シモーヌ・ヴェイユ
田辺保訳

「重力」に似たものから、どのようにして免れればよいのか……ただ「恩寵」によって。苛烈な自己無化への意志に貫れた、独自の思索の断想集。ティボン編。

工場日記
シモーヌ・ヴェイユ
田辺保訳

人間のありのままの姿を知り、愛し、そこで生きたい――女工となった哲学者が、極限の状況で自己犠牲と献身について考え抜き、克明に綴った、魂の記録。

青色本
L・ウィトゲンシュタイン
大森荘蔵訳

「語の意味とは何か」。端的な問いかけで始まるこのコンパクトな書は、初めて読むウィトゲンシュタインとして最適な一冊。（野矢茂樹）

法の概念〔第3版〕
H・L・A・ハート
長谷部恭男訳

法とは何か。ルールの秩序という観念でこの難問に立ち向かい、法哲学の新たな地平を拓いた名著。批判に応える「後記」を含め、平明な新訳でおくる。

解釈としての社会批判
マイケル・ウォルツァー
大川正彦／川本隆史訳

社会の不正を糺すのに、普遍的な道徳を振りかざすだけでは有効でない。暮らしに根ざしながら同時にラディカルな批判が必要だ。その可能性を探究する。

ポパーとウィトゲンシュタインとのあいだで交わされた世上名高い10分間の大激論の謎
エドモンズ／エーディナウ
二木麻里訳

このすれ違いは避けられない運命だった？　二人の思想の歩み、そして大激論の真相に、ウィーン学団の人間模様やヨーロッパの歴史的背景から迫る。

大衆の反逆
オルテガ・イ・ガセット
神吉敬三訳

二〇世紀の初頭、《大衆》という現象の出現とその功罪を論じながら、自ら進んで困難に立ち向かう《真の貴族》という概念を対置した警世の書。

死にいたる病
S・キルケゴール
桝田啓三郎訳

死にいたる病とは絶望であり、絶望を深く自覚し神の前に自己をすてる。実存的な思索の深まりをデンマーク語原著から訳出し、詳細な注を付す。

ちくま学芸文庫

現代《げんだい》という時代《じだい》の気質《きしつ》

二〇一五年 六 月 十 日　第一刷発行
二〇一八年十一月三十日　第二刷発行

著　者　エリック・ホッファー
訳　者　柄谷行人（からたに・こうじん）
発行者　喜入冬子
発行所　株式会社　筑摩書房
東京都台東区蔵前二―五―三　〒一一一―八七五五
電話番号　〇三―五六八七―二六〇一（代表）

装幀者　安野光雅
印刷所　株式会社精興社
製本所　株式会社積信堂

ISBN978-4-480-09679-1 C0110